Me llaman Tres Catorce

Andreu Martín

Gran Angular

ediciones sm Joaquín Turina, 39 - 28044 Madrid

Primera edición: marzo 1998
Segunda edición: octubre 2000

Dirección editorial: M.ª Jesús Gil Iglesias
Coordinación: M.ª Carmen Díaz-Villarejo

Fotografía de cubierta: K. Vojmar / PHOTONICA-COVER
Diseño de cubierta: Estudio SM

Título original: *Em diuen Tres Catorze*
Publicado en catalán por Editorial Cruïlla, 1997

Joaquín Turina, 39 - 28044 Madrid

Comercializa: CESMA, SA - Aguacate 43 - 28044 Madrid

ISBN: 84-348-6006-6
Depósito legal: M-36237-2000
Preimpresión: Grafilia, SL
Impreso en España / *Printed in Spain*
Imprenta SM - Joaquín Turina, 39 - 28044 Madrid

Escribí este libro mucho tiempo después de vivir las aventuras que en él relato. Eso me ha permitido hablar con las diferentes personas que se vieron implicadas (el capitán Barreno, Manolo Due, Rodri Zamorano, Gracieta DelaSelva, su hija Anapito, abogados defensores, fiscales, etc.) y ellas me describieron muchas situaciones en las que yo no había estado presente. Está claro, pues, que contaré cosas que no he visto e incluso me atreveré a atribuir a las personas sentimientos y reacciones de los que no puedo estar segura en absoluto, pero ésta es una práctica habitual entre los historiadores de todas las épocas y nadie les ha dicho nunca nada. Y, además, el libro es mío, lo escribo como me da la gana y al que no le guste, que se aguante.

Os quiero.

Ah, olvidaba presentarme. Me llaman Catorce. Tres Catorce.

TERESA PI

CAPÍTULO PRIMERO

Detectiva privada

1

¡Qué día, aquel primero de marzo!

Me levanto, me ducho, me visto, desayuno, cojo los apuntes de mates, salgo de casa y lo primero que hago es salvarle la vida a Manolo Due.

Sí, lo habéis leído bien: Manolo Due, Manuel Oliveira, el *crack* del Barça que el año pasado triunfó en la liga italiana marcando ¡treinta goles en una sola temporada! ¿Cómo los llaman? *¡Pichichis!* ¡Bueno, pues yo le salvé la vida al *pichichi*! Y no a un *pichichi* cualquiera. ¡A Manolo Due! ¡Ni más ni menos que a Manolo Due, que está como un tren!

¿Cuántos miles de millones le costó al Barça?

¿Cuántos miles de millones hubiese tenido que pagarme el Barça por salvarle la vida al pilar del equipo?

Bueno, de eso ya hablaremos más adelante, porque no es ésta la historia que quería contaros hoy; pero, para que lo sepáis, me la jugué, ¿eh?

Nada más salir de casa, veo aquella furgoneta parada justo en medio de la calle. No, aparcada, no: justo en medio de la calle, estorbando todo lo posible. Con un rótulo negro sobre blanco que decía: «L. BORO. Plantas Medicinales», que se me quedó grabado porque leí: «Ele-Boro, plantas medicinales» y me chocó. Era como un juego de palabras, como si el fundador de esa empresa se hubiera dedicado a las plantas medicinales condicionado por su nombre, ¿comprendéis?

O sea, que allí estaba la furgoneta y los dos ocupantes de la cabina parecía que se estuviesen peleando. Gesticulaban, se golpeaban mutuamente los dedos. El conductor reñía al otro: «¡Todavía no, idiota!», y el otro: «¡Venga, tío, no esperes más!», y los dos miraban con ojos feroces hacia delante.

Y yo que sigo su mirada y veo un BMW negro, muy brillante, aparcado al otro lado de la calle. Intuí enseguida que los ocupantes de la furgoneta tenían alguna intención oculta con respecto al BMW. Quizá creían que estaba saliendo del aparcamiento y querían ocupar el lugar que dejara libre. Pero se equivocaban: estaba entrando y no saliendo. ¿Entonces?...

Yo iba andando por el borde de la acera. Alejándome de la furgo y acercándome al coche negro y brillante.

¿Y quién se apea del BMW?

¡Uno de los hombres más guapos del mundo! Alto y delgado, con el pelo tan negro y tan corto, y con aquellos ojos grandes y brillantes. Un adonis exótico, como quien dice.

Salió del coche y el motor de la furgoneta rugió como una fiera hambrienta que ha visto una posible presa.

Intuición. Pensé: «Ay, que le quieren hacer daño».

Y eché a correr.

Manolo Due se había bajado del coche a la calzada y, aún con la puerta abierta, se había inclinado hacia el interior del vehículo para recoger algo.

Y la furgoneta, a toda castaña contra él.

Y contra mí porque, sin pensarlo ni media vez, crucé la calle de tres zancadas. Me pareció sentir en el costado derecho el calor del motor homicida. Pegué un salto desde el centro de la calzada, me abracé a la espaldorra del adonis y le empujé al interior del coche...

Y la furgoneta pasó rozándonos las suelas de los zapatos y arrancó la puerta del BMW, *¡craaaac!* (*Sic*: craaaac, con cuatro aes y en cursiva.)

Supongo que oí el grito de rabia de los frustrados asesinos y se me escapó una risita tonta al verme allí, abrazada al *pichichi*, tirados los dos sobre los asientos delanteros del BMW.

—¿Pero, qué haces? ¡Suéltame! —gritó él muy alarmado.

—Perdona, tío, pero creo que acabo de salvarte la vida... —salimos los dos como pudimos, con dificultad, mirando dónde poníamos las manos, nos arreglamos la ropa. Y él miraba estupefacto la puerta destrozada del BMW. Estaba petrificado. Yo tenía que animarlo—. Has tenido suerte. Soy la chica más observadora del pueblo. Era una furgoneta Nissan Serena, matrícula de Girona con dos treses y un cuatro. Y era de la empresa L. BORO, que trabaja con plantas medicinales —me miraba con aquellos ojazos, tan desconcertado, ¡el pobre!—. ¿Entiendes mi idioma?

—Sí —dijo.

—Bueno, pues entonces, vamos a la policía. Yo seré tu testigo.

—No, no —dijo, un poco alarmado—. A la policía, no —«huy, huy, huy»—. Perdona, chica, gracias por todo, pero tengo que irme... Tengo mucha prisa.

«Huy», pensé, «éste necesita tus servicios».

—Tú eres Manolo Due, ¿verdad? —le pregunté mientras buscaba el tarjetero en el interior de mi mochila.

—Sí —él miraba a todas partes, probablemente preocupado por si todavía quedaban asesinos escondidos por los alrededores.

—¿El *pichichi*? —me aseguraba yo, rebuscando entre un montón de objetos inútiles; ¿dónde se había metido el dichoso tarjetero?

—Sí.

¡Por fin! ¡El tarjetero lleno de tarjetas! Le di una.

—Si necesitas ayuda, ¿por qué no me telefoneas?

La tarjeta dice: «Agencia de investigaciones Pi & Zamorano, Calle del Roure, 17, 4.º, Tos (Girona)», y el código postal y el número de teléfono. Y, en el centro, bien visible: «Tres Catorce, detectiva privada».

Manolo Due parpadeó desconcertado. Me pareció que le temblaba la barbilla. Sería a causa de la impresión, y no me extrañaba. Si hubiesen intentado matarme, a mí me temblarían hasta las uñas de los pies.

—¿Tres Catorce?

—En realidad me llamo Teresa Pi. Soy la Pi, de Pi y Zamorano. Me llaman Tres por Teresa y Tres Catorce por Pi.

—¡Ah! —dijo él.

Y yo un poco azorada, porque la verdad es que nadie me llama Tres Catorce. Me lo inventé yo porque me parecía muy ingenioso; pero, a la larga, creo que resulta más desconcertante que otra cosa. Sin embargo, tendré que continuar llamándome así por lo menos hasta que se me acaben las tarjetas.

¡Ya me tenéis a mí allí, en medio de la calle, intimando con el *pichichi* Manolo Due!

Y él:

—Perdona, pero tengo mucha prisa.

Se guardó la tarjeta en el bolsillo superior de la americana de pata de gallo que llevaba. Se subió al coche.

—¡Oye, que te dejas la puerta!

—Da lo mismo. No creo que se pueda aprovechar.

—Vale, no te preocupes. Si tienes tanta prisa ya me encargaré yo de tirarla a un contenedor.

—Gracias —dijo. Y después de poner el coche en marcha añadió—: gracias por... por lo que has hecho.

—De nada.

Se fue. Consideré muy seriamente la posibilidad de llevarme la puerta del coche a casa, como recuerdo. «Recuerdo de Manolo Due, la primera persona a quien salvé la vida en toda mi vida.» Lo podría grabar en una placa de latón y enseñárselo a mis amigas para darles envidia. Pero me pareció poco serio. Poco digno de toda una detectiva privada profesional. De manera que dejé la puerta junto a un contenedor y continué mi camino.

2

Seguro que os estáis preguntando cómo es posible que, a mi edad y con esta pinta, pueda ser detectiva privada. Es lo que se pregunta todo el mundo.

La verdad es que no lo soy.

El verdadero detective era mi padre, Tomas Pi, uno de los mejores detectives que ha existido nunca. Fue él quien fundó la agencia con Rodri Zamorano. La agencia se llama *Pi & Zamorano*, un nombre horroroso, lo reconozco. Aquí todos la llaman *Pisamoreno*. Mi padre era muy buen detective, pero de marketing y publicidad, cero.

La razón de ser de una agencia de detectives en un pueblecito tan pequeño como Tos es la proximidad de un polígono industrial. La fábrica de mermeladas y galletas, la de plásticos, la gran imprenta de una importante editorial y los diez o doce almacenes llenos de contenedores generan paranoia suficiente como para dar de comer a una empresa como la nuestra, sin demasiadas ambiciones. Ahora, ya tenemos clientela que nos viene a ver desde Olot, desde Figueras e incluso desde Girona capital.

La desgracia fue que mis padres murieron, pronto hará un año, en un accidente de coche. Yo me fui a vivir con mi abuela Tecla, que es la más paranoica de todos los paranoicos que he conocido y está convencida de que, si yo no estoy presente en la empresa, Rodri Zamorano terminará quedándose con el negocio. De modo que fue ella la que insistió para que yo ocupase el despacho de mi padre durante las mañanas y siguiese mis estudios en el nocturno del Instituto. Aunque no creo que Rodri Zamorano fuese capaz de una marranada así, a mí me pareció muy bien la idea de convertirme en detectiva. Ya hacía tiempo que ayudaba a mi padre haciendo seguimientos, vigilancias y redactando informes en el ordenador y, por lo tanto, esto no era nuevo para mí.

Además, pensé que ésta sería una fuente inagotable de experiencias para mi futura profesión (quiero ser escritora). Y efectivamente lo es, como lo demuestran las tres historias que viví simultáneamente que os quiero contar, y que casi no sé por cuál empezar.

Empecemos por la de Ana Farrás, que fue la que más me impactó.

3

Entro en la agencia y me encuentro a Irene en la mesita de recepción: *¡Grrrr!*, como un perro irritable. Se cree que quiero ligar con Rodri Zamorano o quizás con el Titi, no sé qué se habrá creído, esa pedorra. Tan estirada, con la boca fruncida así, como un culo de gallina.

Y el Titi:

—¡Jo, tía, Tres, pero qué buena estás! —como si fuese la primera vez que me veía y me lo decía.

El Titi es un chaval muy simpático que suele hacer trabajillos esporádicos para la agencia: vigilancias, seguimientos, búsqueda de documentos en los registros oficiales o de noticias en las hemerotecas. Siempre lo tenemos en la sala de espera sentado de cualquier manera, fumando, pegando la hebra con Irene: «¿Tenéis alguna cosa para mí?». Luego, cuando lo necesitamos, no está nunca. Pelo rizado y alborotado, mueca desdeñosa con un ojo a medio cerrar para esquivar el humo, pendiente en la oreja derecha, tatuaje en el dorso de la mano izquierda, cazadora de cuero, pantalones vaqueros muy gastados y zapatillas deportivas «por si hay problemas, salir *volao*», como decía la canción. No es mucho mayor que yo y supongo que, por la calle, la poli le pedirá frecuentemente la documentación. «Mira, un predelincuente, un hijo de familia desestructurada.»

El Titi no me ha hablado nunca de su familia.

—¡La semana pasada cobré, Tres! Te invito a cenar esta noche.

—¡Seguro que no me compensa, Titi! ¡Si cobraste la semana pasada, ya te lo debes de haber gastado y me tocaría pagar a mí!

—¡No seas así, Tres!

Me paro en la puerta de mi despacho y provoco a Irene:

—¿Hay algo para mí?

Pregunta sarcástica. Las cosas como son: Rodri Zamorano soportaba que yo utilizase el despacho de mi padre, pero nunca me había encargado un trabajo serio. Como no tengo licencia de detectiva... Cuando me ponía muy pesada, me encargaba trabajos subalternos, como hacía mi padre en vida. Y entonces el Titi se quejaba de que invadía su terreno. Las cosas como son: normalmente, en el despacho de la agencia, lo que yo hacía era estudiar y pasar apuntes. En aquel momento, no era la triunfadora que soy ahora.

—Sí —contestó Irene con gesto perverso—. Tienes una visita esperando.

El Titi se reía, medio escondido tras el humo del cigarro.

Me estaban tomando el pelo. Seguro que me habían preparado alguna.

Abro la puerta del despacho y me encuentro con Ana Farrás. Una niña de ocho años.

Ja, ja, ja. Muy graciosos.

—Hola, ¿eres tú Tres Catorce? —me preguntó sin darme tiempo a reaccionar—. Vengo porque mi vecino ha matado a su hija. Su hija tenía ocho años, como yo. Era mi amiga.

4

Muchas veces he tenido que escuchar que el despacho de mi padre me venía grande.

Casi cincuenta metros cuadrados de parqué claro y barnizado, reluciente, con una mesa de madera rojiza con patas y aplicaciones cromadas aquí y allá, biblioteca de madera clara, como el parqué, repleta de libros de derecho, de medicina legal, de arte, diccionarios y algunas novelas policiacas. La vitrina donde se exhiben los trofeos de tiro con pistola y de vela, y fotos de mi padre haciendo paracaidismo y ala delta. Él y yo haciendo *rafting* cuando yo no levantaba todavía un metro del suelo, los dos con casco y con aquel traje impermeable, riendo a carcajadas, salpicados por el agua de aquel río que parecía haberse vuelto loco. En algunos trofeos pone que el ganador de la prueba es T. Pi, por Tomás Pi. Puesto que yo también me llamo T. Pi, podría atribuírmelas, si no fuera por las fechas que hay debajo. También hay fotos de mi madre, tan guapa, tan señora, y tan risueña también. Y de los tres abrazados. Mi madre le decía a mi padre, cuando practicaba aquellos deportes de riesgo: «Algún día te va a pasar algo, ya verás».

A mi padre sólo le pasó algo una vez, al mismo tiempo que a mi madre, cuando un camionero que llevaba conduciendo más de veinte horas sin descansar dio una cabezada sobre el volante. El camión invadió el carril de la izquierda y embistió el coche de mis padres frontalmente. Al camionero no le pasó nada. En la tele lloraba y decía: «De algún modo tengo que ganarme la vida, de algún modo tengo que ganarme la vida»; yo no sé qué querría decir con eso.

Perdonad.

Decía que muchas veces he tenido que escuchar que el despacho me quedaba grande.

Si a mí me quedaba grande, calculad cómo le quedaría a una mocosa de ocho años, no muy alta, de ojos vivos y gesto travieso, vestida con un chándal rosa que llevaba estampado el rostro de la pequeña de los Simpson y su chupete.

—¿Cómo has dicho? —pregunté mientras me despojaba del jersey de punto y lo tiraba sobre el sofá de piel de búfalo.

La niña repitió lo que había dicho. O sea: que su vecino había matado a su hija, que también tenía ocho años, como ella. Era su amiga. Y lo decía muy seria. Imagino que le había dicho lo mismo a Irene en recepción y que Irene no se lo había tomado en serio. No podía dejar pasar a una criatura como aquélla al despacho de Rodri Zamorano, de modo que me la había endosado a mí, a ver qué hacía con ella.

Me senté tras el gran escritorio, di media vuelta en la butaca giratoria, inmensa como el trono de un emperador, para acercarme al ordenador y conectarlo.

—O sea, que la ha matado, ¿no?

—Sí, señora —insistía la niña, muy formal. «¡Señora!» Pobrecilla.

—A su propia hija.

—Sí, señora —sin parpadear.

—¿Cómo te llamas?

—Ana Farrás Castellnou.

Lo escribí en el ordenador. Y también su dirección. Avenida Vázquez Montalbán. Eso estaba cerca del río, en el barrio del Castillo, que podía verse perfectamente desde el ventanal del despacho. Un racimo de chalés supermodernos, todo cristal, con predominio de líneas curvas, terrazas con barbacoa y piscinas azulísimas, rodeados por jardines frondosos y protegidos por altísimos muros entre los que destacaba la mole oscura, siniestra y ruinosa, medio castillo medieval medio masía, que había sido el refugio de un multimillonario misántropo. Cuando el millonario murió, sus herederos convirtieron la mansión en restaurante y se dedicaron a vender todas las tierras de los contornos. Lo que siempre habían sido cultivos y bosques donde ir a cazar y a buscar setas, o juncales y cañizales donde ir a pescar, se convirtió en una inmensa urbanización de lujo. Como el ayuntamiento quería que los ocupantes fuesen artistas, intelectuales, editores, marchantes de arte y gente así, a las calles les pusieron nombres como: Vázquez Montalbán, Joan Marsé, Jaume Perich, Gil de Biedma, García Márquez, Enrique Vila-Matas y Ráfols Casamada. Y en una calleja que se llama Pepe Carvalho (en honor al famoso detective de ficción), hay una coctelería donde se celebran tertulias literarias con asistencia de famosos.

Hasta hacía muy poco, el grueso de la población de Tos vivía en lo que ahora llamamos Alta Villa, sobre la colina, lejos de posibles inundaciones. Desde la instalación del Polígono Industrial y la construcción de las mansiones del Castillo, el centro se había desplazado hacia la ribera del río, que ahora corría domesticado entre el cemento y grandes medidas de seguridad.

—¿Cómo se llama tu amiga?

—La llamamos Anapito, porque de mayor quiere ser chico. Pero la verdad es que se llama Ana, como yo. Vive en la casa de al lado.

Una de aquellas mansiones cercanas al Castillo.

—¿Ana qué más?

—Ana DelaSelva.

Había un pintor muy conocido llamado Jacinto DelaSelva en la urbanización del Castillo. Frecuentemente aparecía en las páginas de arte de *La Vanguardia.* De vez en cuando, exponía su obra en alguna de las salas de la Alta Villa. Una vez había aparecido uno de sus cuadros en la portada de un dominical de *El País.* Recordaba haberlo visto un día, muy estrafalario, muy genial, muy altivo, riendo fuerte y moviendo las manos por encima de la cabeza. Salía de una galería de Alta Villa y avanzaba hacia un coche negro dando largas zancadas. El coche no tendría que haber estado allí porque era zona peatonal, pero DelaSelva era una artista genial y no estaban hechas para él las leyes que rigen la vida de los simples mortales. ¡Ah, sí, y el Barras, que quería atraer su atención. Lo recordé perfectamente!

—¿Su padre es pintor?

—Sí, señora.

—No hace falta que me llames señora.

—Ya me lo parecía. ¿Te puedo tutear?

—Claro que sí.

—Ya me lo parecía.

Sonó el teléfono. ¿Y ahora, qué? No me dirás que es otro cliente.

—Perdona un momento. Diga.

Me respondió una voz metálica, deformada a propósito por algún sistema mecánico. Una voz de robot, fría y con ecos.

—¿Tres? Soy *Enamoradamente enamorado* —se presentó. Y yo trastornada—. Escucha estos versos de Vicent Andrés Estellés —pausa dramática—: *Frente al mar, bajo la enorme luna,/ con un amor para toda la vida,/ con un amor de muy hondos besos,/ con un amor de postrimerías turbias.*

La primera vez que me telefoneó me había recitado otro poema de Vicente Andrés Estellés, aquél que dice: *Enamoradamente enamorado/ enamorado como el día primero,/ vienes por azoteas y vienes por ríos que ignoro,/ vienes por escaleras y ventanas de aire./ Enamoradamente enamorado/ como un soneto antiguo, como árbol de agua./ Enamoradamente te he presentido./ Enamorado y reverente te llamaba.* Desde entonces, había adoptado el seudónimo de *Enamoradamente enamorado* y me llamaba a media mañana porque sabía que estaba estudiando en la agencia. Me había cansado de preguntarle quién era, me había enfadado con él y me había desenfadado, y al final lo aceptaba como un regalo especialmente halagador, como si cada día recibiese flores de un admirador anónimo.

—... Y esto es de Salvador Espriu, escucha: *... ¿Ves? El suave viento en la hierba,/ y tú y yo, una mujer y un hombre,/ y todos los nombres de tan frágil belleza,/ y esta tarde para nosotros/ quizás inmortal* —y continuaba (¡qué largo se me hacía esta vez!). Y la niña allí delante, mirándome y pensando «Qué, ¿esto va para largo o qué?»—. ... *Pero no quieres adivinar nunca mis ojos/ quién soy yo, cómo soy yo, y ahora me llenas/ de vacía, densa, ruidosa/ arcilla de palabras,/ hasta llegar a hacer un insalvable muro,/ este leve paso/ que ya del todo me separa/ de ti.* ¿Sabes cómo se llama? *Acaso con música lo escucharías mejor.*

¡Qué bonito! Suspiré, complacida. Si lo supiese Toni... Toni es mi novio.

Y crac, se acabó la emisión. Se perdió mi mirada en el río donde el sol estallaba en blancos centelleos. Te leen una poesía, miras por la ventana y los colores te parecen más colores y los árboles más árboles y todo se llena de fragancia, ¿verdad? Creo recordar que estaba sonriendo como una idiota cuando Ana Farrás dijo:

—¡Eh!

La miré. ¿Qué hacía allí aquella niña? ¡Ah, sí!

—Ah, sí. ¿Dónde estábamos? ¿De qué hablábamos?

—De mi amiga, Anapito.

—Ah, sí, decías que su padre la ha matado, ¿no?

—Sí.

—¿Y tú, cómo sabes eso? Cuéntamelo.

5

Ana Farrás cerró más un ojo que otro, como si estuviese a punto de morder alguna cosa muy dura.

—... Bueno, si te interesa saber si tengo pruebas, claro que no tengo pruebas. Si hubiera tenido pruebas, habría acudido a la policía.

—Pero tendrás que convencerme de que lo que me dices puede ser verdad porque, si no, no me lo creeré.

—Ya lo creo que es verdad. Porque su padre, el pintor, el señor DelaSelva, es un cínico y un canalla —eran palabras de adulto que en boca de la niña hacían gracia y tomaban otro significado—. Anapito me decía que la pegaba muy a menudo, y también maltrataba a su mujer y al perro. Y yo puedo asegurarlo, porque desde la ventana de mi habitación se ve el cuarto de estar de los DelaSelva y veo chillar a aquel cínico, y cómo pone siempre el canal de televisión donde hay fútbol, aunque en la otra cadena pongan dibujos animados. Y un día que Anapito vino a jugar a casa, dijo: «Si llego tarde, mi papa me mata». Y llegó tarde, y ahora ya no está en casa. No está en su casa desde el viernes. O sea, que la ha matado y la ha enterrado en el jardín. Seguro —del bolsillo del chándal sacó un fajo de billetes de banco y los puso sobre la mesa—. Esto es para pagarte.

Allí había más de cien mil pesetas.

—¿De dónde has sacado esto?

—Lo he cogido del escritorio de mi papá. Estamos de acuerdo en que el vecino es un asesino y seguro que me las deja.

Me daba miedo tanto dinero allí encima.

—Guárdatelo, guárdatelo. Ya me pagarás más tarde, cuando termine el trabajo. Y luego, te acompañaré a casa. No quiero que vayas tú sola por la calle con tanto dinero.

—¿Pero meterás en la cárcel a DelaSelva o no?

Yo me había quedado con uno de los datos que me había dado la niña.

—¿Dices que este señor maltrata a su mujer?

—Y al perro, sí.

—Y que tú lo has visto.

La expresión de su cara me transmitía una seguridad absoluta.

—La señora Engracia siempre tiene un ojo morado, o cardenales en los brazos, o va coja —seguramente fruncí el ceño. Así conseguí que buscase una razón más poderosa—. Lo sé porque lo dicen mis padres. Y los vecinos.

No puedo soportar a los hombres que maltratan a sus mujeres. Bueno, ni a las suyas ni a las de los demás. Está claro que tampoco me gustan los que matan a sus hijas, pero es que yo no me creía que el pintor DelaSelva hubiese matado a su hija (¡me parecía demasiado fuerte!) y, en cambio, sí podía creer que maltratase a su mujer.

El día que lo vi cuando salía de la galería en la Alta Villa y se dirigía hacia el coche, el Barras quería decirle algo; seguramente quería pedirle veinte duros para tomarse un vino. El Barras es un pobre hombre, mendigo y borracho, que siempre va de taberna en taberna y duerme en la calle. Todos le conocemos y le tenemos una cierta simpatía, no sé si me explico. El caso es que recuerdo perfectamente que el genial pintor DelaSelva ni lo miró. Sólo alargó el brazo con indolencia, le puso la mano en el pecho y lo empujó con una fuerza inesperada. El Barras se cayó sentado. DelaSelva subió al coche y los que le rodeaban se rieron. Ahora se me ocurría que un hombre capaz de algo así, sí que podía maltratar a su mujer. Pensé que era muy capaz de hacerlo.

En una ocasión tuve acceso a unas estadísticas del Instituto Catalán de la Mujer y resulta que más del diez por ciento de las mujeres han sido maltratadas alguna vez por maridos borrachos, celosos o «demasiado nerviosos». Y resulta que más del noventa por ciento de las agresiones no se denuncian, ya sea por miedo a ser nuevamente maltratadas, por vergüenza o porque las mujeres dependen económicamente de sus maridos. Al leer aquello me puse como una moto, claro, y aún me dura. Cuando me hablan de un marido que pega a su mujer me entran ganas de coger una ametralladora.

Y por eso, decidí intervenir en aquella historia.

¡Y ya lo creo que intervine!

6

Llevé a Ana a su casa en bicicleta, ella sentada en la barra. Para ella fue una experiencia de lo más excitante: no paró de reír y de chillar durante todo el trayecto. Avenida Vázquez Montalbán, amplia, soleada y ornamentada con plátanos a los que les estaban empezando a salir las hojas. Nos detuvimos delante de una verja gaudiniana, probablemente afanada de otra casa más antigua, construida y derribada lejos de aquí.

—No entres en casa —me dijo Ana—. Mis padres no entenderían que te haya contratado —frunció la nariz con aquel desdén que me hacía tanta gracia—: Son tan *puretas*... —la cursiva, que algunos lectores poco avezados no entienden, indica el énfasis insultante que ponía en esta palabra.

—De acuerdo. Y tú vuelve a dejar el dinero donde estaba. Ya arreglaremos eso más tarde.

Ana tocó el timbre, que estaba situado a un lado del enrejado.

—Soy Ana —dijo, cuando alguien respondió.

Y se oyó decir:

—*¿¡¡¡Ana!!!?* —algo así, en cursiva y muchos signos de interrogación y de admiración.

—Eso quiere decir que me han echado mucho de menos —me dijo la niña, conmovida—. Será mejor que te vayas.

Después de aquel chillido temí que la maltratada fuese Ana Farrás y me fui a casa con el corazón encogido.

Quería preparar el equipo para la noche: malla negra, jersey negro muy ajustado y un gorro de lana negro igualitos a los que utilizan los comandos en el cine. Una linterna y una cámara fotográfica con película ultrasensible. Ah, y betún para la cara, para hacerme invisible por completo. Era mi primer caso, mi primera misión imposible. Lo metí todo en una bolsa de deporte.

A la hora de comer le dije a mi abuela Tecla que aquella noche llegaría tarde.

—Llévate la pistola —me dijo. Es tan paranoica, la pobre.

—No tengo pistola, abuela.

—¿Aún no te has comprado una pistola?

—¿Cómo quieres que me compre una pistola a mi edad? ¡Nunca me darían el permiso de armas!

—¡Tu abuelo tenía un arsenal en casa y nunca tuvo permiso de armas!, hasta que estuvieron a punto de meterlo en la cárcel. Pero navaja sí tendrás, ¿no? Como mínimo, una navaja. Y una porra. ¿Sabes cómo te podrías hacer una buena porra? Llena un calcetín con arena. Ya verás. ¿Sigues yendo a las clases de *tae kwon do*?

—Sí, abuela.

A mi abuela Tecla le encantan las películas de artes marciales. En la cabecera de su cama tiene un póster de Bruce Lee. Y, a los pies, un bate de béisbol.

—Y, si no vas a venir a dormir, no te separes de tu novio, ¿eh?

—No, abuela.

Mi abuela es muy especial.

7

Por la tarde, en el instituto, le dije a Toni que aquel día no podría asistir a las clases.

—Voy en misión secreta, como detectiva privada —le confié con un siseo y levantando las cejas.

Y él:

—¡Ah! —como si nada. Siempre tenía pájaros en la cabeza.

—De modo que, a todos los efectos, esta noche estoy contigo, ¿eh? Si llama mi abuela, estoy durmiendo en tu casa.

—¿Y si llama tu abuela y se pone mi padre? ¡Yo no puedo decirle a mis padres que tú estás durmiendo en mi casa!

—¡Pues si yo no le digo a mi abuela que estoy durmiendo contigo, no me deja salir!

—¡Vaya abuela más rara!

—Es una paranoica. Dice que si tengo que salir de noche es mejor que esté acompañada por un hombre que me defienda. Y como te conoce y sabe que estás cachas...

—Tu abuela es muy rara.

—Bueno, pues que sepas que no voy a ir a clase.

—Y a mí qué me cuentas —¡tan seco, el pobre! Es mi novio oficial, pero os juro que no se lo merece.

—Te lo digo para que me cojas los apuntes, majadero.

Es un trazas. Con el pelo de punta, un jersey con las coderas pasadas, los faldones de la camisa fuera de unos pantalones demasiado grandes, demasiado arrugados y demasiado sucios, y unas deportivas que parece que haya utilizado para bailar claqué en un lodazal. Y un cuaderno garabateado con las hojas enroscadas.

—¿Cuándo te pondrás el jersey que te regalé?

—¡Cuando me tenga que arreglar para ir a algún sitio importante! ¡Es un jersey *de vestir*! ¡Está demasiado nuevo!

—¿Y los pantalones?

—¡Me aprietan!

—¿Es que nunca vas a utilizar nada de lo que te regalo? ¿Ni los calcetines, ni el bolígrafo, ni la agenda?

—¡La agenda! —exclamó, escandalizado—. ¡La tengo en casa, escondida! ¡Es *violeta*! ¡Y huele mal! —«huele mal». Me tomé la molestia de perfumársela con esencia de violetas. Una agenda violeta oliendo a violetas. ¿Cómo es aquello de echarle margaritas a los cerdos?—. Además, ahora que me acuerdo, yo tampoco voy a ir a clase porque hoy hay fútbol en la tele. Y pasado mañana voy a ir al campo del Barça, que juega con el NTU de Grösvik.

—Pues tendremos que pedirle los apuntes a alguien, ¿no?

—Y a mí qué me cuentas —¡ay, cómo es!

Si supiese que un rapsoda anónimo me leía versos por teléfono cada mañana, ya se espabilaría más, ya. Y si supiera que aquella mañana yo le había salvado la vida a Manolo Due... No pensaba decírselo, por supuesto.

Miraba a mi alrededor, a los chicos que iban y venían por el pasillo del instituto, y me preguntaba si sería alguno de ellos el de los versos matinales. ¿Quién podía ser? ¿Sería Miguel, aquel muchacho esquelético de gafas y nariz grande que andaba siempre encorvado y mirando al suelo, o leyendo? Leía tanto que seguro que se sabía todas las poesías del mundo... Se me iba la vista hacia Cacha Cuatro (se llama de otro modo, pero le llamamos así porque es un atleta y, además, por sorprendente que parezca, muy inteligente, con una cabellera larga, rubia y estirada, tan limpia y cuidada, como de anuncio, que se parece a Brad Pitt). Siempre va abrazado a una especie de Barbie odiosa que le ríe todas las gracias y que hace ir de culo a todos los chicos. Se me ocurre que, en realidad, su relación va fatal y no sabe cómo quitarse de encima a la Barbie odiosa y por eso me recita versos, aunque no se atreve a decirme quién es. Un día romperá con la *top model* y caerá de rodillas ante mí para decirme que me ama apasionadamente.

Y Toni, que se estaba comiendo a la Barbie con los ojos.

—¿Y tú, qué miras? —le digo.

—¿Y tú? —me dice.

Nosotros sí que somos la pareja feliz.

—Estoy buscando alguien que tome apuntes para que mañana me los deje. ¡Eh, Miguel!

Miguel Delgado y Cuatroojos levantó la vista del libro y me miró como si de pronto se me hubiese ocurrido cantar un aria de ópera. Una de esas miradas incrédulas de «¿es posible que me estés llamando a mí?».

—Sí, a ti, a ti. Tú siempre tomas apuntes en todas las clases, ¿verdad? —¡ya lo creo que toma apuntes! No hace otra cosa—. ¿Me los dejarás mañana? Es que hoy no puedo ir a clase —me decía que sí moviendo la cabeza con tanta vehemencia que las gafas se le iban deslizando, dando saltitos, hasta la punta de la nariz—. Gracias, chico —y a Toni—: Bueno, tío, me voy. ¿Me das un beso?

Me da un beso y me pone la mano en el trasero. Y yo le digo que no me gusta que me ponga la mano en el trasero allí delante de todo el mundo, pero él se ríe de aquella manera: «Sí, sí», y yo: «Je, je», que me derrito. Si no fuese por estos momentos, no sé qué sería de mi vida.

Y precisamente cuando estábamos en este intercambio de intimidades, justo antes de que me llamase «Pajarito», que siempre acababa llamándome «Pajarito», a causa de mi nariz, llega el Fabuloso Hombre Mutante, me tira de la manga y me dice:

—¿Puedo hablar con usted, señorita?

El Fabuloso Hombre Mutante es el profe de Literatura y tiene una pinta de pervertido sexual que pone los pelos de punta. Es muy pálido, tiene unas sombras oscuras debajo de los ojos que parecen maquilladas y es untuoso, remilgado y amanerado. Da grima.

Me lleva hacia un lado, junto a las taquillas, y me dice:

—*Porque son, niña, tus ojos/ verdes como el mar, te quejas;/ quizá si negros o azules/ se tornasen, lo sintieras* —y yo: «¡Ostras, el rapsoda!». ¿Te imaginas que el rapsoda anónimo fuese el Fabuloso Hombre Mutante, con esta pinta de psicópata? ¡Qué miedo! Y acaba—: Gustavo Adolfo Bécquer —y yo: «Ah, pues mira qué bien». Y me enseña un libro muy usado, con las pegatinas de la biblioteca del centro. Las *Rimas de Bécquer*—. ¿Qué te parece este libro?

—Bien —la verdad es que me parece un poco cursi, qué quieres que te diga, eso de: *Volverán las oscuras golondrinas/ de tu balcón sus nidos a colgar*. Y: *¡Por un beso! ¡Yo no sé qué te diera por un beso!*, pero opté por decir—: Muy bien.

—¿Has cogido tú este libro de la biblioteca?

—¿Yo? ¡No!

—Hay alguien —me aclaró al fin— que ha encontrado un modo de sacar libros de la biblioteca sin que su nombre quede registrado.

—Ah. ¿Pero los devuelve?

—Sí, pero las cosas no se pueden hacer así. Tenemos que saber quién saca libros de la biblioteca.

—Hombre, si los devuelve...

—Y dentro de este libro hemos encontrado esto.

Me enseñó una tarjeta. Una de esas que se pueden hacer en las máquinas del metro de Barcelona. Decía: *Agencia Pi y Zamorano. Tres Catorce, detectiva privada.*

—¿Eres tú, no?

—Sí —reconocí impresionada y un poco avergonzada—. Y usted me supone tan inteligente como para descubrir la manera de sacar y devolver libros de la biblioteca sin que mi nombre quede registrado, y tan burra como para dejarme dentro una tarjeta mía.

—¡Alguien habrá tenido que dejar esta tarjeta dentro!

—Quizá porque el que lo ha hecho quería que lo descubriesen y me lo dijeran.

—¿Y por qué iba a querer eso?

Yo pensé: «Para que yo me entere de que mi rapsoda particular es del instituto y que ha conseguido una de mis tarjetas». No lo dije, claro. Sólo me encogí de hombros.

—Hay gente muy rara —dije.

Y no añadí: «Por ejemplo, usted mismo, Fabuloso Hombre Mutante. ¿Se ha mirado en el espejo?», pero él se dio por aludido. Me dedicó una espantosa mueca equivalente a: «Ten cuidado, que estás vigilada». Sin despedirse ni nada, y con un aire de misterio muy habitual en él, se fue por el pasillo como si levitase.

—¿Qué quería? —me preguntó Toni.

—Nada.

—¿Nada? Alguna cosa querría. ¿Qué te ha dicho?

—Nada.

—¿Nada?

—¡Nada!

Yo me alejaba de Toni un poco trastornada, intrigada por aquel mensaje en clave de mi admirador secreto. Se me iba acercando. Un día saldría de su anonimato y me pediría una cita.

Yo no sabría qué decirle.

Pero acudiría a la cita, ¡claro!

CAPÍTULO SEGUNDO

La sombra negra

1

Tiempo después se supo que fue precisamente aquella noche de primavera y luna llena la que escogió el señor Faustino Galiá para visitar a DelaSelva. El pintor le recibió en su estudio empapelado de bocetos y garabatos, con pilas de cuadros pintados por él (seguramente aquellos que nadie le había comprado), salpicado de manchas de pintura de todos los colores, con aquellos caballetes y aquel fuerte olor a pintura que mareaba. Probablemente, mientras hablaban, DelaSelva, sentado en el taburete alto, como de bar, iba dando pinceladas indolentes a su último cuadro, *Anochecer con aves migratorias* o *Bodegón con alubias*. Y Galiá allí en medio, de pie, sin saber qué hacer con las manos, buscando de reojo un asiento o algún lugar para apoyarse. En una postura muy poco airosa para amenazar a nadie. Y pese a todo, amenazándolo:

—Si no me das (no sé cuántos millones le pedía), la policía me detendrá y, si me detienen, me veré obligado a confesar que todos aquellos cuadros son falsos y, puestos a confesar, también les contaré quién es el falsificador.

Faustino Galiá era un prestigioso crítico de arte, catedrático de la universidad de Girona, experto en impresionismo. Por si no lo sabéis, los impresionistas son un grupo de pintores de finales del siglo pasado que formaron escuela, una de las escuelas más importantes de la pintura moderna. Son aquéllos en cuyas obras, si las contemplas muy de cerca, sólo aprecias manchas, confusión, colores absurdos mal mezclados que, no obstante, vistos de lejos, definen perfectamente los paisajes o aquello que quieren expresar. Juegan con manchas de luz, con matices insólitos, y producen unos efectos sorprendentes. Seguro que habéis visto cuadros de Van Gogh, que es uno de los más destacados. O de Monet, que dicen que fue el precursor y que era capaz de pintar muchos cuadros del mismo paisaje porque decía que, a medida que cambia la luz, cambia todo lo que vemos. La luz es importantísima para los impresionistas. También pertenecían a esta escuela los franceses Manet, Pissarro, Degas (aquel que pintaba bailarinas), Renoir, Cézanne, el inglés Sisley y también había una pintora, Berthe Morisot, de la que no se habla nunca. Y luego dicen que no hay mujeres pintoras.

Bueno, pues DelaSelva se había dedicado a falsificar impresionistas. No es el primero ni el único. He oído decir que hay más cuadros de Monet en todos los museos del mundo de los que hubiese podido pintar dedicando a ello todas las horas de su vida. Y todos pasan por auténticos. Y Faustino Galiá era el experto que autentificaba los cuadros que pintaba DelaSelva. De este modo habían vendido no sé cuántos.

Pero, un día, Galiá envió una carta a no sé quién contándole todo el negocio en una catastrófica exhibición de estupidez y falta de prudencia. Y resulta que, en el pueblo, teníamos un empleado de correos (del que ya os hablaré detenidamente en otro libro), Gaspar Cartrón, que se dedicaba a abrir la correspondencia que pasaba por sus manos. Para curiosear, por puro vicio, vaya. Y mira por dónde, descubrió el negocio de Galiá. Bueno, pues por lo visto, la policía pescó al cartero entrometido y él, para eludir el castigo, contó lo que sabía de la falsificación de las obras de arte. Que si Galiá esto, que si Galiá aquello. Y alguien le dio el soplo a Galiá, y éste va y se presenta en casa de DelaSelva y le dice:

—Dame dinero, que tengo que marcharme al extranjero.

Y DelaSelva:

—¿Qué? ¿Dinero, yo? Si yo no te debo nada.

No sé cuántos millones le estaba pidiendo Galiá cuando llamó Ana Farrás. Yo no lo sabía porque Ana no me había dicho nada pero, por lo visto, la chiquilla se dedicaba a llamar a DelaSelva cada dos por tres para amargarle la vida. DelaSelva descolgaba el teléfono y ella le espetaba:

—¡Sé perfectamente que usted es un asesino, que ha matado a su hija y que maltrata a su mujer y al perro!...

A veces, DelaSelva le soltaba un bufido: «¡Niña! ¡Como te pille te corto el cuello!». O bien: «¡Sé quién eres y voy a hablar con tus padres!» Pero aquel día, DelaSelva no estaba para conversaciones telefónicas. No le dedicó ni un triste insulto. Colgó dejándola con la palabra en la boca.

Y Galiá que reanuda las amenazas:

—Si me pescan, les contaré que tú eres el falsificador —DelaSelva se vuelve hacia un secreter de madera noble lleno de cajones y cajoncitos (pieza carísima de un anticuario). Abre uno de aquellos cajones y saca una pistola (*¡¡¡¿una pistola?!!!*). Os podéis imaginar los ojos que puso Galiá al verse delante del agujero negro, y el mala bestia de DelaSelva, sin pensárselo dos veces, *¡pam, pam!*, que yo lo oí, así, dos ruiditos que me parecieron inofensivos, *¡pam, pam!*, y Galiá en el suelo, *patapaf*, muerto.

En aquel momento, entra la mujer de DelaSelva, Engracia, muy guapa, madurita pero guapa, muy amiga de destacar en las exposiciones y hablar de la obra de su marido sin dejar de parpadear y gesticulando así y asá con las manos. Y al entrar se queda de piedra: «Pero, Jacinto, ¿se puede saber qué has hecho?». Y le da un ataque de nervios.

Pero qué ataque de nervios. Es que no os podéis ni imaginar el telele que le dio. Chillidos, temblores, pataleos, espasmos... ¡Hasta se hizo pis encima!

2

Oí los tiros mientras saltaba la tapia de la casa, vestida de negro de pies a cabeza, con el gorro de punto negro y la cara embetunada, pero ni se me ocurrió pensar que aquello pudiesen ser disparos de pistola, ni mucho menos que hubiesen matado a un hombre. Si se me llega a ocurrir, doy media vuelta, echo a correr y no paro hasta el pie del Arco Iris, *Over The Rainbow*, como Judy Garland.

Pero yo nada, yo en la luna de Valencia, muy pendiente de la bolsa con la máquina fotográfica y la linterna que sujetaba con la boca para ver dónde ponía las manos. Utilizando la verja principal a modo de escalera, me subo a la tapia, me descuelgo hacia el interior, salto, el suelo no llegaba nunca, *chof*, caigo de rodillas sobre un montón de hojas secas, y corro hacia aquella casa, toda de cristal, casa sin intimidad, con tres o cuatro ventanales iluminados que permitían ver el interior, con cada mueble y cada ocupante.

Atravesé un jardín lleno de árboles y matorrales de toda clase, una especie de bosque salvaje: chopos, sauces, pinos, robles... No me extrañaría que hubiese ardillas y jabalíes por allí.

Quién sabe, quizás si hubiese mirado por otro ventanal, habría visto al señor Galiá, tendido en el suelo y cubierto de sangre. Pero miré por el que estaba más cerca y vi, ¿sabéis qué vi?

El gran salón de la casa, repleto de tresillos y otros muebles con muchos adornos dorados y de cristal, decorado con pieles de tigre y colmillos de elefante, y en el centro, el señor DelaSelva maltratando a su mujer.

¡Ostras, ni más ni menos!

Engracia chillaba y pataleaba y (¡tan claro como estoy viendo ahora mismo la pantalla de este ordenador!) *¡se estaba haciendo pis encima!* Llevaba un vestido de seda color crema, de los que, si estornudas cerca, se llenan de un estampado de puntitos negros y, si le cae una gotita de aceite, parece que se produzca un eclipse. La falda idónea para llevar el día que te haces pis encima. Un escándalo. ¡Y una mancha sobre el sofá blanco!... Y DelaSelva que la agarra por el pelo y *plaf*, bofetada va, y *plaf*, bofetada viene.

Yo, buscando la cámara. ¡La foto, la foto! Me había metido en el jardín de los DelaSelva para ver si era verdad que él maltrataba a su mujer y, mira por dónde, me lo encuentro en plena faena. ¡Un momento, un momento! Quería decirle: «¡No pare de pegarla, no pare de pegarla!...», a ver si nos entendemos, para poder inmortalizar la paliza y así tener pruebas de la infamia, claro.

Me echo la cámara a la cara y, sin calcular distancia ni nada,

¡chac, chac, chac!, y como es réflex y lo veía todo claro supuse que quedaría todo perfectamente plasmado, DelaSelva agarrando a su mujer por el pelo y gritando como un cantante de ópera, con la boca tan abierta junto a la cara de su mujer que parecía que se la fuese a comer. ¿Y la luz? ¿La abertura, la velocidad? Lo comprobé y estaba todo bien. Por suerte, el matrimonio tenía cuerda para rato. *¡Chac, chac, chac!* Y va la mujer y se sube al sofá y sigue chillando, y DelaSelva la agarra por el brazo y me la lanza al suelo de un tirón y se le echa encima como si quisiera estrangularla. Yo oía sus gritos: «¡Calla! ¡Que calles de una vez!». Y la insultaba.

Y en aquel momento, oigo una especie de jadeo enfermizo, de gigante asmático, unos *¡uarf, uarf, uarf!*, cada vez más cerca, cada vez más cerca, y se me pone la carne de gallina.

No era una ardilla, ni un jabalí. ¡Era peor!

¡Era el perro de la casa!

3

¡El perro!

¡Y mira que Ana me había advertido! Se suponía que DelaSelva maltrataba a su hija, a su mujer, *¡y al perro!*

¡¡¡Y al perro, ay, mi madre, al perro!!! ¿Cómo es posible que se me hubiera olvidado?

Por el galope de sus patas y los *uarf-uarf-uarf*, podía calcularle aproximadamente el tamaño de un caballo.

Como venía por la derecha, eché a correr hacia la izquierda. Y enseguida presentí su sólida presencia, a tres metros de mí, a dos metros, ¡a un metro!

Y yo, cargada con la bolsa, la linterna, la cámara...

Y sin saber hacia dónde me dirigía, ya que no había entrado por aquella parte de la casa.

Y el perro, *cotocloc, cotocloc, cotocloc*, con aquellos dientes de tiburón a dos palmos de mi trasero, ¡a un palmo de mi trasero!

Veo el muro y un árbol junto a él, un olivo retorcido y sinuoso. Y me agarro a una de las ramas como si la rama fuera Manolo Due, o Toni, o mi rapsoda secreto que me viniesen a salvar, y no me subo, claro, porque nadie es capaz de subirse a un árbol así, a la primera, cuando vienes corriendo de lejos, sin calcular la altura de las ramas ni los puntos de apoyo. No me subo porque, además, la correa de la bolsa se engancha en una rama, se me descuelga del hombro y cae al suelo. Por suerte, el tirón me hace dar la vuelta alrededor del árbol y el perro se despista, sigue recto y se estrella contra el muro, *¡pom!*, y se vuelve hacia mí como si hubiese rebotado. Y cuando me busca a la derecha del árbol, yo me escabullo hacia la izquierda y, de este modo, ya calculo dónde puedo poner el pie, precisamente en la rama donde se me ha enganchado la bolsa (*¡la bolsa!*), y me agarro de las ramas y salientes de más arriba y subo, subo, subo, como por una escalera, llenándome la cara de arañazos con las ramas, que parecía que quisieran sacarme los ojos.

Aquella bocaza, *¡ñac!*, aquellas mandíbulas de hierro atrapan una de mis deportivas, y yo arriba, arriba, arriba, con el pie derecho descalzo y sin aliento. Afortunadamente, la bestia se entretuvo comiéndose la reebok y ni ladró ni intentó escalar detrás de mí. Me temo que, si hubiese dado un saltito, sólo un saltito de los que saben dar los perros, habría podido morderme el trasero y apearme del olivo.

Pero yo ya estaba arriba del árbol, y de allí salté al borde del muro, donde me aferraba con manos, brazos, piernas, pies y dientes. ¡Hasta con las pestañas me agarraba al remate del muro! Y el perro abajo. Ahora lo veía gracias a la luna llena: un gran danés, como un pony, destrozando mi zapatilla, con unos *uarf-uarf* y una profusión de babas y de lengua que me helaban la sangre en las venas. Y a sus pies, colgando todavía de la rama más baja que había utilizado como primer escalón, ¡mi bolsa con todos los accesorios fotográficos!

¡Y las fotos de DelaSelva dándole la tunda a su mujer!

Me pregunté lo que cualquiera se hubiese preguntado, en mi lugar:

«Y ahora, ¿qué hago?».

4

Primero, situémonos.

Yo estaba encaramada en un muro, sobre una superficie muy poco confortable de no más de un palmo de ancha. A mi derecha, un perro monstruoso comiéndose una reebok; a mi izquierda, otra casa. Estaba sobre la pared de separación de dos propiedades privadas. La casa de la izquierda me sonaba de algo, pero mi estado mental no me permitía filigranas. Como mínimo, por aquel lado no venía ningún monstruo.

Y menos mal que la pared no estaba coronada de pinchos ni de trozos de cristal.

Lentamente, me fui serenando y se me ocurrió que, desde donde me encontraba, si tuviese un bastón largo y curvado, me sería posible pescar la bolsa manteniéndome al mismo tiempo a una prudente distancia de la bestia.

No quedaba más remedio. No podía dejar mis pertrechos en el jardín del enemigo.

El jardín de la casa de mi izquierda no tenía nada de boscoso. Por el contrario, era un prado inmenso, adornado solamente con siete matorrales de boj recortados por algún experto jardinero que les había dado las formas de los siete enanitos de Blancanieves. Más allá la piscina, seguramente olímpica, y cerca de la piscina una casita capaz de albergar a una niña y sus juguetes.

Me descolgué hasta ese jardín, atenta por si aparecía una jauría de lobos hambrientos del interior de la casita infantil, o si salía algún cocodrilo de la piscina. No sucedió nada de todo eso, pero yo respiraba con tanta dificultad como si un par o dos de fieras ya me estuviesen royendo los huesos.

El jardín estaba asquerosamente limpio. Ni un bastón, ni un palo, ni una rama ganchuda para pescar bolsas perdidas. Di un par de vueltas alrededor de dos de los enanos de Blancanieves y luego me dirigí a la casita de juegos. Dentro estaba más negro que la caverna de las ideas de un cabeza rapada.

Sin embargo, en el vestíbulo de la casa había luz.

Como un moscardón, me sentí atraída por ella como si intuyera lo que iba a ver a través del ventanal del vestíbulo.

Un paragüero. Con paraguas. Y hasta con un bastón lo suficientemente largo. Con un mango curvado, ya sabéis, un bastón de reglamento, de verdad, exactamente el que yo buscaba.

Ahora sólo faltaría que la puerta estuviese abierta.

No se veía a nadie en el interior de la casa. Una mesa de comedor redonda, un tresillo, un televisor panorámico, una mesita de juego... Una escalera que subía hasta el piso de arriba.

Pensé: «Sólo será un momento. Entrar y salir. Tres zancadas para entrar, un segundo para coger el bastón y tres zancadas para salir. Total, nada».

¿Cómo se entraba en aquella casa?

¡Ah, precisamente por aquel ventanal! Era una puerta corredera. Y estaba abierta. ¡Presioné el cristal hacia un lado y se movió!

Bueno, pues manos a la obra. Dicen que, sobre cobardes, no hay nada escrito, ¿no?

Y no había nadie a la vista.

¡Vamos allá!

Tres zancadas hasta el interior de la casa. Y una descarga de adrenalina tal que todo me daba vueltas, como si me hubiese emborrachado sin darme cuenta. Agarro el bastón con manos tan temblorosas que golpea el interior del paragüero de cerámica y resuena como una campana. *Talán, talán.*

Me vuelvo para salir y me encuentro cara a cara con un hombre alto y fuerte, con una mandíbula que parece de granito y unos ojos brillantes como dos rayos láser.

—¡Deja eso! —gritó el dueño de la casa. Y sé que era el dueño de la casa porque un grito así sólo puede emitirlo el dueño de la casa. Lo que no sé es cómo no se me cayeron las bragas al oír aquel rugido.

No se me cayó nada. Muy al contrario: yo, vestida y pintada de negro como un ninja, cubierta de arañazos, esgrimí el bastón bien sujeto con las dos manos y adopté una actitud que podía dar la impresión de que no tenía inconveniente en romperle la cabeza a cualquiera que intentara cortarme el paso. Sobre todo, si se trataba del dueño de la casa.

5

El señor de la mandíbula de granito era muy valiente. No dio ni un paso adelante porque debía de intuir que yo era una persona sumamente peligrosa; pero tampoco retrocedió. Y liberaba su furia, su miedo y su agresividad en un discurso interminable, pronunciado a gritos.

—¡Amelia! ¡Llama a la policía! ¡Nos están invadiendo la casa! —y sin cambiar de tono ni de actitud, dijo—: ¡Suelta eso! ¡Si me obligas a quitártelo, te haré daño! ¡Amelia! ¡La policía! ¡El teléfono! ¡Y tú, suelta ese bastón! ¡Y no me mires así, que te mato!

Continuaba desgañitándose y, por lo tanto, no me permitía explicarle la situación. Y no era suficiente que callase unos segundos para tomar aliento. Yo hubiera necesitado un buen rato de reflexión y tranquilidad para encontrar lo que podía decirle exactamente. «Necesito su bastón para quitarle mi bolsa al perro carnicero de la casa de al lado.»

Amelia apareció por debajo de la escalera, con los ojos desorbitados y las palmas de las manos en las mejillas.

Di un salto hacia atrás, moviendo el bastón de derecha a izquierda para controlar a los dos. No olvidéis que hago *tae kwon do* y eso imprime un carácter especial a mis movimientos.

Ellos mantenían una conversación estúpida.

—¿No estabas arriba?

—¡No! ¡Ya había bajado!

—¡Pues sube a ver cómo está la niña!

Yo, entretanto, balbuceaba tonterías: «No, esperen, yo, déjenme decirles algo, yo, algo». No sé por qué, me interponía entre la mujer y la escalera, como para impedir que subiese a ver cómo estaba la niña.

Y de pronto, la niña que, en el piso de arriba, emite un chillido de esos que te ponen los pelos de punta.

Un alarido que provocó brincos, exclamaciones y taquicardia en los tres que ocupábamos aquel vestíbulo.

—¡Aaaaaaaaah! ¡Socorro, papá, que me secuestran!

A la madre no la habría detenido ni Mel Gibson con el *Arma letal*. Pasó a mi lado como una exhalación, a velocidad de *Correcaminos Bip-bip, ¡fiuuuu!* y subió las escaleras de cuatro en cuatro, gritando: «¡Ana! ¡Ana!».

Y yo pensando: «¿Ana? Claro: ¡si ésta es la casa de Ana, la niña que me ha contratado! ¡Y éstos son los señores Farrás! ¡Claro! ¡Vivía en la casa contigua a la de los DelaSelva! ¡Éstos son los padres de mi cliente Ana!».

—¡Señor Farrás!

Pero él no me escuchaba. Hizo un gesto brusco y tuve que mantenerlo a distancia barriendo el aire de un bastonazo y abriendo mucho los ojos con expresión de: «¡Que te doy!». Yo estaba segura de que, si aquel hombre me quitaba el bastón, me lo partiría en la espalda. Gritaba desgranando muy deprisa y en voz muy alta, sin pararse ni a respirar, una letanía apabullante: «¡Como-le-hayáis-hecho-algo-a-la-niña-os-juro-que-os-arrancaré-la-cabeza-a-todos!», sin dejarme ni un segundo de respiro para explicarle la auténtica naturaleza de la situación.

Los dos con las piernas flexionadas, dando saltitos de boxeador, él mirando por dónde podía sorprenderme para arrebatarme el arma, y yo tratando de impedírselo, aunque fuese a bastonazos.

—¡La niña! —chilló Amelia en el piso de arriba. Un alarido cargado de tragedia.

—¿Qué le pasa a la niña? —rugía el señor Farrás abajo.

Y yo pensaba, temblorosa: «¡¡¡Por el amor de Dios!!! ¿¿Qué le ha pasado a la niña??».

—¡Que no está! ¡Ha desaparecido! ¡Han entrado por la ventana y se la han llevado!

Y yo: «¡Ay, Virgen Santa!», sentía que me quedaba sin fuerzas. El señor Farrás va y se me tira al cuello y yo, *patapaf*, le golpeo en el bíceps. Retrocedí de un salto y él también retrocedió, dolorido. Al mismo tiempo, exclamé: «¡Ay, perdone!», pero él no me oyó.

—¡Llama a la policía! —y yo pensaba: «¡Sí, llame a la policía!», y al momento: «¡No, no llame a la policía!» Estaba deseando tanto como él subir al piso de arriba para ver qué le había pasado a la niña. ¡Si hubiésemos podido sentarnos y hablar aunque sólo fuesen cinco minutos!... Pero aquel hombre continuaba hablando, hablando y hablando—: ¡Devolvedme a mi hija y no os pasará nada! ¡Devolvedme a mi hija o te arranco la cabeza! ¡Como te quite el bastón, te lo hago tragar!

Y Amelia que aparece en lo alto de la escalera. Yo me coloco de modo que no puedan sorprenderme por la espalda. Año y medio de aprendizaje de artes marciales le daban a mis movimientos una precisión que, por fuerza, debía resultarles sospechosa.

—¡El teléfono! —decía la señora de Farrás.

—¡Sí! ¡Que llames por teléfono a la policía!

—Pero ¿dónde está el teléfono?

—¿También ha desaparecido el teléfono? —se desesperaba el señor Farrás.

—¡Está abajo! —recordó la señora Farrás.

Bajó volando, pasando de mí y de mi bastón, como un meteorito, y desapareció en el interior de la casa.

Enseguida, la musiquilla del móvil *¡Pi-pi-pi!* Sólo tres números: *¡Cero noventa y uno!*

El señor Farrás, con un aire un tanto diabólico, ya cantaba victoria. Ya se permitía un rictus sádico:

—¿Lo teníais todo previsto, verdad? ¡Mientras tú me entretenías aquí, tus cómplices entraban por la ventana en la habitación de Ana! —y yo: «Y ahora, ¿qué le digo? ¿Y ahora, qué le dices?»—. ¿Sois los de esta mañana, no? —el dueño de la casa utilizaba un plural que sugería que yo pertenecía a una banda organizada—. ¿No tenéis bastante con cien mil pelas, no? ¿Qué más queréis? —¿por qué me preguntaba, si luego no me dejaba meter baza?—. ¡Pues quítate eso de la cabeza! ¡No me vais a sacar ni un duro más! ¡Años de cárcel, eso es lo que vais a sacar!

Más tarde, Ana me aclaró que era perfectamente comprensible que su padre estuviese tan exaltado. Aquella mañana, la niña había simulado que estaba enferma para no ir al colegio y poder venir a verme. A continuación, burlando la vigilancia de la doncella, había desaparecido junto con un sobre lleno de billetes de diez mil pesetas. Al descubrir su ausencia y la desaparición del dinero, la doncella había avisado a los padres y se había producido entonces una alarma general. Llegaron a pensar que se trataba de un secuestro, o que la niña se había escapado de casa en busca de fortuna por el ancho mundo. Y, cuando ya habían avisado a la policía y todo, se presenta Ana tan tranquila, explicando un cúmulo de mentiras que tejían una historia tan confusa y complicada como si no estuviera bien de la cabeza. Que había tenido una intuición, que había oído una llamada, que se le había aparecido una mujer y le había dicho que tenía que ayudar a los niños del Tercer Mundo... Y, cuando ya se le habían terminado todos los argumentos delirantes y contradictorios, se había puesto a llorar con unos aullidos ensordecedores. Vamos, que había sido un día fatal. Y a los pobres señores Farrás sólo les faltaba encontrarse una muchacha ninja, toda vestida de negro, invadiendo su vestíbulo armada con un bastón.

Y la policía, ¡seguro que ya estaba en camino!

Y, de repente ¡alguien dispara una ametralladora en medio del jardín!

¡Ta-ta-ta-ta-ta-ta-ta-ta-ta-tannng!

7

Después de un ligero ataque cardiaco combinado con epilepsia (ojos en blanco, pelos de punta, chillidos agudos), los tres echamos a correr.

El señor y la señora Farrás, inevitablemente, hacia el jardín, exclamando a dúo: «¡Niña!».

Y yo, no me preguntéis por qué, escaleras arriba. No me preguntéis por qué. Supongo que sólo lo hice para alejarme lo más posible del matrimonio. O, tal vez, porque yo también me preguntaba qué habría pasado con Ana y, puestos a buscarla, mejor empezar por su habitación.

Me encontré en un pasillo ancho y largo con puertas a los

dos lados, una de las cuales se abría a una habitación con decoración infantil. Muñecas decapitadas, un murciélago gigante colgado del techo, reptiles de goma muy realistas, muñecos que representaban monstruos perversos, una máscara de asesino de película *gore*, una mano amputada y fosforescente, un payaso gigante con pinta de psicópata...

Por la ventana abierta entraban un airecillo fresco y las voces de los señores Farrás.

Me acerqué con todas las precauciones del mundo.

—¡Ana!

—¿Qué haces aquí?

—¡No nos oye!

—¡No nos ve!

—¡Ha hecho explotar una traca!

—¡No nos oye, no nos ve! ¿No nos oyes? ¡No nos oye!

—¡Está dormida!

—¡Sonámbula!

—¡Sonámbula!

—¡No la despiertes! ¡Dicen que es muy peligroso despertar a un sonámbulo!

Desde la ventana se veía perfectamente un rincón del cuarto de estar de la casa de los DelaSelva, y el trozo de jardín que yo había recorrido a toda velocidad, y el olivo que había tenido que escalar para huir del perro monstruoso. Y, debajo mismo de la ventana, estaba el tejadillo de una dependencia anexa. A cualquiera le resultaría muy sencillo escalar hasta la habitación desde el jardín.

... Pero también resultaría muy sencillo descolgarse desde la habitación hasta el jardín.

Ahora lo entendía todo.

¡La niña, Ana, mi clienta, estaba protegiéndome!

Había apagado la luz para hacerles creer a sus padres que dormía y estaba espiando a los DelaSelva, como cada noche, cuando me vio haciendo los cien metros libres y subiéndome al muro, dejándole al gran danés una zapatilla de recuerdo. Luego, me había visto ir hacia su casa y había oído el escándalo organizado por su padre al sorprenderme. Decidida a sacarme del apuro, se había puesto a chillar para atraer a sus padres. Al ver que con eso no arreglaba nada, se había descolgado por la ventana y había corrido a la casita de juegos del jardín para hacer explotar una traca que tenía allí con otros efectos pirotécnicos: el tableteo de ametralladora que nos había trastornado a todos.

Y no quiero ni pensar en el efecto que debió de producir la traca en los nervios de la pobre señora DelaSelva. Acaso su marido ya había conseguido calmarla y sus gritos y su epilepsia se habrían ido apaciguando, convirtiéndose en sollozos y en una especie de sueño agitado cuando, de repente, estalla la retahíla de explosiones que resucita todas las histerias. «¡Aaaah!», otra vez, y la mujer colgándose del pelo del marido, posiblemente dándole patadas por todo el cuerpo.

Y a continuación, por si fuera poco, la sirena de la policía.

Con la sirena de la policía sospecho que la señora DelaSelva ya se subiría por las paredes arañando el papel pintado y se colgaría de la lámpara del comedor para columpiarse, convulsionada por carcajadas incontenibles.

La sirena de la policía.

De pronto, Ana, como un sonámbulo que se despierta aterrorizado, había exclamado:

—¡Allí! ¡Una sombra negra que huye! —y sus padres, los señores Farrás: «¿Una sombra negra? ¿Dónde? ¿Dónde?»—. ¡Que salta el muro! ¡Que se escapa!

Supongo que el señor Farrás quería echar a correr tras la sombra negra (convencido de que sería yo con su bastón), pero su mujer no se lo permitió:

—¡No! ¡No nos dejes solas! ¡Deja que se escape!

La sirena y las luces azules intermitentes del coche de la policía.

¿Queréis que os confiese una cosa?

Yo sí que me subí por las paredes arañando el papel pintado. Y no me encontré columpiándome de la lámpara del techo porque no la había.

¿Qué podía hacer?

¡Meterme debajo de la cama, claro!

CAPÍTULO TERCERO

En el maletero

1

El capitán Melquíades Barreno, comandante en jefe del puesto de la guardia civil de Tos, estaba decidido a demostrar la eficacia y el coraje de la Benemérita antes de ceder sus responsabilidades a los Mossos d'Esquadra. De no ser por eso, hubiese mandado a la familia Farrás a hacer gárgaras.

Tos había sido siempre un pueblo muy tranquilo. Los superiores de Girona se quejaban al capitán Barreno: «¿Pero es posible que en su pueblo nunca hayan robado a nadie? ¿Es posible que en el pueblo de Tos no haya ni un mal atraco, ni un asesinato, ni una agresión, ni estafas o peleas conyugales?». Parecía que le hiciesen culpable de tanta ley y tanto orden e insinuaban que, en realidad, Tos debía de ser un pueblo donde los vándalos campaban por las calles apaleando ancianas mientras el capitán y sus hombres miraban hacia otro lado silbando. De vez en cuando, practicaban inspecciones sorpresa con la esperanza de encontrar barricadas por las calles, francotiradores y dinamiteros, y el pánico y la desolación enseñoreándose del lugar. Y se quedaban con un palmo de narices.

Lo cierto es que Melquíades Barreno y sus hombres recorrían a diario las calles dispuestos a pescar infractores de la ley. Miraban debajo de las piedras y hasta en las ramas de los árboles. Interrogaban a los tenderos y acechaban a los marginados esperando descubrir alguna fechoría y a su correspondiente autor. Pero Tos era un pueblo pacífico. Hasta se podía llegar a decir que era mortalmente aburrido. No había ninguna discoteca ni ningún *after-hours* en la población, de modo que, cuando los jóvenes querían acción, debían recorrer diez o doce kilómetros y, por tanto, el ruido de las peleas, las grescas y los cánticos regionales de madrugada quedaban muy lejos.

Las causas de que no se hubiese advertido ningún merodeador por el nuevo barrio del Castillo, de que nadie hubiese utilizado nunca la palanqueta o el *butrón* para entrar en las lujosas mansiones, de que a nadie se le hubiese ocurrido dar un tirón al bolso de algún ama de casa desprevenida, eran misterios que deberían ser analizados por los mejores criminalistas del mundo, fenómenos dignos de constar en el libro Guinness. Debía de ser a consecuencia del clima, de la influencia de los astros o de fenómenos paranormales parecidos a los del Triángulo de las Bermudas.

De vez en cuando, alguien avisaba de que se había producido un accidente de tráfico o doméstico, y el capitán Barreno y sus hombres se movilizaban ilusionados ante la posibilidad de descubrir a un loco homicida o algún delincuente internacional, pero sus expectativas siempre se habían visto frustradas...

... ¡Hasta que llegó la noticia de que la guardia civil pronto debería abandonar el cuartelillo de Tos para ceder competencias a las fuerzas de seguridad de la Comunidad Autónoma de Cataluña!

Entonces, cuando deberían empezar a hacer las maletas y a descolgar cuadros de las paredes, mira por dónde, empezaron a ocurrir cosas.

En pocos días, entre finales de abril y primeros de mayo, descubrían a un cartero que violaba la correspondencia, recibían la confidencia de que podía haber un importantísimo falsificador de cuadros en el pueblo, les notificaban que habían secuestrado al *pichichi* del Fútbol Club Barcelona, Manolo Due, y ahora, sólo faltaba que desapareciera la hija de un conocido industrial.

¿Qué debía hacer Melquíades Barreno? ¿Dejar aquellos casos apasionantes, todas aquellas oportunidades de lucimiento, para sus sucesores, los inoportunos Mossos d'Esquadra? ¿Y que, además, los Mossos pudiesen decir que habían encontrado a Tos convertido en una olla de grillos y que les había tocado pacificarlo a ellos? ¡Ni hablar! Cuando llegaran los Mossos encontrarían el pueblo tan limpio como una patena, como había estado siempre, y al capitán comandante en jefe con tres medallas colgadas del pecho.

Eso explica que aquella mañana hubiera corrido personalmente a ver qué pasaba en casa de los Farrás. ¿Que la niña se había esfumado al mismo tiempo que cien mil pesetas? ¡Aquello prometía! Luego, se había encontrado con una niña que, además de no haber desaparecido y de no haber perdido los veinte mil duros, no paraba de decir disparates. Que si había tenido una intuición, que si le llevaba el dinero a los niños del Tercer Mundo porque se lo había dicho una señora por telepatía... El capitán se había pasado un poco, es verdad, y había llegado a decir de manera un tanto grosera: «¡Esta niña no necesita a la guardia civil! ¡Lo que necesita esta niña es un psicólogo!».

(Psicólogo, así, con pe, porque, sin pe, sicólogo, es el que estudia los higos, ¿lo sabíais? *Sicos, sicou,* en griego, significa «higo» y el *sico-logo,* por definición y etimología, sería el que estudia los higos, claro está).

En cualquier otro momento y circunstancia, si la señora Farrás les hubiera llamado, como aquella noche, para decirles que la niña había vuelto a desaparecer, le habría recomendado que se tomara una tila. Sobre todo porque, cuando aquella noche los llamó Amelia Castellnou de Farrás, estaban trastornados por el secuestro de Manolo Due, rastreando las calles y controlando las salidas del pueblo. Sin embargo, no podían perder la oportunidad de descubrir más fechorías y más malhechores y, bien pensado, quién sabe, si alguien había secuestrado a Manolo Due no era imposible que también se le hubiese ocurrido secuestrar a una niña. ¿Quién le decía al capitán Barreno que no estaba todo relacionado, en una peripecia rocambolesca digna de pasar a la historia de la criminología mundial?

De ahí que, al recibir la llamada, hablase por el *walkie-talkie,* muy profesional, «tenemos un cinco-cuatro-cero en el Barrio del Castillo, nos dirigimos hacia allí con la unidad tres, seguiremos en contacto, corto», y pusiera el Land Rover a ciento cincuenta por hora, camino de casa de los Farrás.

El sargento Carrisoso, al otro lado del pueblo, se quedó mirando el aparato radiotransmisor preguntándose qué era un «cinco-cuatro-cero», cuál era la unidad tres, con quién demonios había estado hablando y cómo se hacía para apagar aquel trasto.

Todos estos antecedentes también hacían que el matrimonio Farrás hubiera experimentado una cierta e indefinida incomodidad al encontrarse con que, después de haber denunciado a la policía que unos delincuentes habían entrado por la ventana y se habían llevado a su hija, Ana estuviera sana y salva, paseándose por el jardín y haciéndose la sonámbula. Por un lado, mucha alegría y qué alivio, claro. Pero, por otro, «ahora volverá el guardia civil de esta mañana, y ¿qué le diremos?».

Como el guardia civil de aquella mañana no había simpatizado mucho con Ana, el señor Farrás consideró más oportuno mantener a la niña a prudente distancia, más que nada para evitarle al agente del orden una pésima primera impresión. La tomó de la mano y la acompañó a su habitación.

—No tengas miedo —le decía—. Aquel hombre vestido de negro ya se ha ido...

Y ella (que sabía que la persona vestida de negro no era un hombre):

—Si no tengo miedo.

—No tengas miedo. Tú misma has visto cómo huía «la sombra negra», ¿verdad?

Al señor Farrás le sudaban las manos y andaba por la casa de una manera que cualquiera diría que era él quien tenía miedo de encontrarse con no sé quién.

Yo estaba debajo de la cama.

—¿Ves? Y en tú habitación tampoco hay nadie... ¿Lo ves, hija, como no has de tener miedo...?

—¡Si no tengo miedo!

—Vamos, métete en la cama.

El padre cerró la ventana. Besitos. «Hasta mañana». Y cuando apagó la luz, desde el jardín nos llegaron los destellos azules del coche de la guardia civil.

En cuanto se cerró la puerta, Ana susurró:

—Tres... ¿Estás ahí?

¡No era lista ni nada, la niña!

2

Nos abrazamos.

—¡Me has salvado la vida!

—Bah, bah, no tiene importancia —decía ella, como una heroína de película—. ¿Qué haces aquí?

Cuchicheábamos. Los señores Farrás estaban abajo, hablando con la policía. Se oían los gritos intemperantes del capitán Barreno.

—¿¡Pero, qué se han creído ustedes!? ¿Que no tengo otra cosa que hacer que venir a ver cómo duerme su hija?...

Le expliqué a Ana que había fotografiado a DelaSelva maltratando a su mujer y que había dejado la bolsa en el jardín vecino, entre las patas del perro carnívoro. Necesitaba un bastón para recuperarla.

—¡Escóndete en el armario! —dijo Ana, al mismo tiempo que saltaba de la cama y salía corriendo de la habitación—: ¡Señor policía, señor policía!

Me imagino que en aquel momento los señores Farrás hubieran deseado que se los tragase la tierra.

—¡Ah, mira, la niña en cuestión!... —dijo el guardia civil con cara de bulldog, con un ronquido así, como de bulldog antes de lanzarse al cuello de alguien.

—¡Señor policía! —Ana bajaba corriendo las escaleras—. ¡El vecino de al lado es un asesino! ¡Tenemos las fotos! —los señores Farrás esbozaron una medio sonrisa, penosa, decididamente patética, de «qué cosas tiene esta niña; los niños, ya se sabe...»—. ¡El vecino de al lado es un pintor de cuadros y maltrata a su mujer y al perro, y ha asesinado a su hija!

Los padres:

—¡Pero, niña! ¿Pero, qué dices? ¿Quieres callarte? ¡El señor DelaSelva es una bellísima persona!

El capitán Barreno tenía los ojos grandes y prominentes como huevos duros, con una pupila chiquitita en medio. De pronto se le iluminaron como si alguien hubiese accionado un interruptor.

—¿Pintor de cuadros? ¿DelaSelva? ¿Jacinto DelaSelva?

Los señores Farrás hubieran querido amordazar a su hija; estaban ansiosos por atarla, empaquetarla y enviarla a Caracas. «No le haga caso, je, je... Chiquilladas...».

Pero el nombre DelaSelva resultaba muy significativo para el capitán Barreno. Hacía dos días que había pillado, prácticamente con las manos en la masa, a Gaspar Cartrón, el cartero que abría las cartas de sus vecinos. ¡Por fin, un caso importante para demostrar la eficacia de las fuerzas del orden en Tos! Cuando ya se imaginaba que podían arrastrarlo en presencia del juez, Gaspar Cartrón propuso un pacto: la libertad a cambio de un caso mucho más relevante. La violación de correspondencia le había facilitado el acceso a una información de vital importancia, un delito de muchos millones de pesetas. El capitán se avino al trato, y así se enteró del caso del superfalsificador.

Una carta firmada por un catedrático de arte llamado Faustino Galiá que le contaba a su novia, para impresionarla, que él era quien certificaba que eran auténticos los cuadros pintados por un artista que precisamente residía en Tos. Y los cuadros, como si fueran obras de Monet, de Sisley, de Degas, de Van Gogh o de otros impresionistas, se vendían y subastaban por cientos de millones en las principales galerías de dentro y fuera del país. ¡Aquello sí que era una bomba! Aquello provocó llamadas telefónicas, informes, zafarrancho de combate y sálvese quien pueda.

Pero Faustino Galiá vivía en Girona capital y, por tanto, su detención sería responsabilidad y mérito del destacamento de allí. Y era evidente que la novia del catedrático, que vivía en Tos, no sabía nada de nada y era del todo inocente. El falsificador, sin embargo, era de Tos. Y su detención sí que era cosa del capitán Barreno. Sus superiores lo dejaron muy claro: «¡A usted le toca descubrir quién es el pintor que hace las falsificaciones!».

Aquella misma mañana, Melquíades Barreno había ordenado que le pasaran una lista con todos los pintores que vivían en Tos y aquella misma mañana le habían dejado encima de la mesa una lista con siete nombres. Uno de los pintores era Jacinto DelaSelva. De hecho, era *el pintor*, porque él era el único que en realidad vivía en Tos. Los otros tenían allí su segunda vivienda, donde veraneaban, pasaban fines de semana o las vacaciones de Pascua. Claro que no era una prueba definitiva, pero...

¿Y si resultaba que el falso secuestro de Ana Farrás estaba relacionado con el caso del superfalsificador? ¿Y si, además, estaba todo ligado al secuestro de Manolo Due?

—¡Un momento, un momento! —dijo el capitán Barreno—. Dejen hablar a la chiquilla. ¿Qué es eso de...?

—¡Al pie de aquel olivo hay una bolsa y, dentro de la bolsa, una cámara de fotos y, en la cámara, unas fotos que demuestran que el señor DelaSelva es un torturador de mujeres, perros y niños!

Los padres:

—Pero, niña, ¿qué dices?

—No le haga caso. Me parece que aún está sonámbula...

—No, no —se oponía el capitán con una sonrisa benevolente—. Lo que dice tiene sentido... Será mejor que vayamos a casa de los DelaSelva...

Los señores Farrás daban saltitos de impaciencia. Empezaban a pensar que el guardia civil estaba tan loco como su hija.

—Pero, ¿así, sin orden judicial ni nada?

—¡La gente que pide una orden judicial para dejarte entrar en su casa ya es medio culpable! —sentenció el capitán, muy decidido a sacar provecho de aquella visita. Tomó a la niña de la mano y la llevó hacia la puerta del jardín. Y detrás, el número que le acompañaba, que se llamaba Salvador y ni rechistaba. Y detrás, los señores Farrás, mordiéndose las uñas, presagiando una catástrofe—. ¡Ven conmigo, niña! ¡Vamos a ver a ese DelaSelva, la bolsa ésa y todo lo demás!

Yo les observaba desde la ventana de la habitación de Ana.

3

Ahora imaginad el sobresalto del matrimonio DelaSelva cuando, después de la ráfaga de ametralladora y de la sirena de la policía, oyen sonar el timbre de la puerta. Como si los dos hubiesen metido los dedos en un enchufe. Abrazándose y saltando como canguros por toda la casa. «¿Y ahora qué hacemos, y ahora qué hacemos?» «¡No abras!» «¡Tengo que abrir!»

Arrimándome bien al montante de la derecha y asomándome un poco, pude ver que el señor DelaSelva salía de su casa y avanzaba hacia la verja dando enormes zancadas.

Y el gran danés a su lado, terrorífico como una granada sin espoleta.

Desde donde yo estaba no podía oír lo que decían y, si sé lo que se dijo, es porque luego me lo contó Ana. No les oí cuando el pintor preguntó de muy mal humor: «¿Qué quieren, a estas horas?», ni cuando la niña replicó: «¡Es el asesino, señor policía!», ni cuando Jacinto DelaSelva, al reconocer la voz infantil, exclamó: «¡Tú eres la que no para de llamarme!», ni a los señores Farrás exclamando en voz baja «¡Ay, Dios mío!», ni al capitán Barreno pidiendo, muy educado y muy atento a las reacciones del perrazo:

—¿Nos permitiría echar una ojeada a su jardín, señor DelaSelva, por favor? Se trata sólo de un reconocimiento rutinario...

El perro gruñía y miraba a unos y a otros como preguntándose quién era el amigo y quién el enemigo. ¿Debía morder a alguien? ¿A quién debía morder primero?

Vi cómo la comitiva recorría el frondoso jardín del pintor y cómo se acercaba al pie del olivo que había sido mi salvación.

Tampoco oí la voz igualmente educada del guardia civil cuando decía: «Está bien, gracias, es todo lo que quería saber», ni cuando Ana aseguraba: «¡Estaba aquí! ¡Él ha debido de cogerla!», y los padres: «Perdone, perdone, no es nada, ya sabe, cosas de críos...». De hecho, no oí nada hasta que volvieron al jardín de los Farrás. Entonces, los gritos del capitán Melquíades Barreno hicieron vibrar los cristales de todas las casas en un radio de bastantes kilómetros.

—*¡¡¡Esta niña está loca, ¿me oyen?!!!* —dijo el capitán, con los ojos desorbitados a punto de caérsele al suelo, y tan congestionado que parecía a punto de explotar—. ¡¡¡Ya deberían saberlo ustedes, que son sus padres!!! Se escapa de casa con cientos de miles de pesetas y ni siquiera se los gasta, dice que se le aparecen señoras y que tiene intuiciones, llama a los vecinos para acusarles de asesinato, ¡y dice que hay bolsas donde ni hay ninguna bolsa ni la ha habido jamás! ¿Se dan cuenta de que es un poco rarilla, o *todavía tiene que hacer algo más*?

Con expresión de profunda tristeza, los señores Farrás aceptaban que su hija era un poco especial, sí, y esbozaban sonrisas amargas y descoloridas, como si no supieran si ponerse a llorar o romper a reír con estrepitosas carcajadas.

El capitán Melquíades Barreno se fue de allí echando fuego por la boca, humo por las orejas y relámpagos por los ojos de huevo duro mientras los señores Farrás se abalanzaban sobre su hija, ansiosos: «Ana, ¿te encuentras bien?».

Al mismo tiempo, los señores DelaSelva se dejaban caer sobre el sofá dándose aire con la mano sin poderse creer que todavía nadie les hubiera puesto las esposas ni les hubiera leído sus derechos.

Y yo, en la habitación de Ana, tenía que apoyarme en la pared porque se me doblaban las piernas.

¡La bolsa había desaparecido! ¿Y ahora...?

4

—... Mañana te llevaremos al médico, ¿eh?... —decían los padres de Ana.

—Vamos, duerme... ¿Quieres que te dejemos la luz encendida?

—¿Quieres que me quede a dormir contigo?

—¡No, no, de ningún modo! —decía Ana.

Los padres no acababan nunca de salir de la habitación. Se detenían en la puerta, se retorcían las manos, contemplaban la cama como si fuera una almadía en medio de una tempestad donde Ana estuviera naufragando.

—¿Os queréis ir de una vez y dejarme dormir? —exclamó la niña al fin.

Salieron precipitadamente, con miedo de que la niña les tirase algo a la cabeza. Y yo salí de debajo de la cama.

—¡Ostras, Ana, cuánto lo siento! ¡Te juro que había una bolsa, que se me cayó allí!

—Ya lo sé, ya lo sé... —decía ella con aquella serenidad que, a veces, hacía gracia y, a veces, debía de resultar exasperante.

—¡La han cogido los DelaSelva! —concluí.

—No. No se han comportado como si hubiesen cogido una bolsa y una cámara fotográfica. Él no sabía qué íbamos a hacer allí, al pie del olivo.

—¿Entonces...?

—La ha cogido Titánic.

—¿Quién?

—El perro. El gran danés. Todo lo que encuentra por el jardín se lo lleva a su caseta.

—¡Ostras! —dije. Sólo de pensar en aquel perro, me daban escalofríos—. ¿Entonces?...

—Entonces, tendremos que ir a recuperarla, ¿no?

Ana ya saltaba otra vez de la cama.

—¿Ahora? —pregunté abrumada por tanta energía. Lo único que yo quería era irme a casa a descansar.

—Si no actuamos enseguida, limpiarán la caseta de Titánic, y entonces sí que encontrarán la bolsa.

—¿Y qué piensas hacer? ¿Meterte en el jardín de los DelaSelva, ir hasta la caseta de aquel perro monstruoso y quitarle la bolsa? —yo, como diciendo: «No digas tonterías».

—Será un momento, ya lo verás —lo que equivalía a un rotundo «sí»—. ¿Vienes?

Ya iba camino de la ventana, ya la abría. Yo estaba temblando.

—Pero aquel perro...

—¡No tengas miedo! ¡Los perros no le hacen daño a los niños!

—¡Pero yo no soy una niña!

—Ya le diré yo que no te haga nada. ¿No ves que lo conozco?

¡Ah, si lo conocía... (entonces, nada)!

Ana ya se descolgaba por la ventana, sin esperarme. Tenía una agilidad sorprendente, fruto, seguramente, de una práctica continua. Su futuro estaba en el circo, seguro. Y yo, detrás, a ver qué iba a hacer.

Era muy fácil llegar al tejadillo. Pero ya no era tan sencillo caminar sobre las tejas ni tumbarse boca abajo para descolgar primero los pies, luego las piernas, hasta quedar colgada de las puntas de los dedos y dejarse caer por fin al césped, *¡badabum!* ¿Cómo se las arreglaba aquella mocosa inconsciente que ya corría por el jardín?

—¡Eh, espérame!

Y, mientras tanto, el matrimonio Farrás en la cama, con los ojos como platos, agarrotados, y la madre mordiendo la tarjeta del psicólogo que habían encontrado en el cajón de la mesilla de noche.

—Parece que ya se ha dormido... —refiriéndose a Ana.

—Pobrecilla. ¿Qué le pasará?

—¿Qué hemos hecho mal?

5

Antes de echar a correr hacia el muro que separaba una casa de la otra, Ana entró en la casita de juegos y salió de allí con una mesita diminuta. A ella no le costó nada subirse a la pared. Hice un estribo con las dos manos, puso un pie encima y la empujé hacia arriba. Yo lo hubiera tenido más difícil de no ser por la mesita. Me subí en ella y, cuando estaba agarrada con los dedos al borde de la pared, la mesita se rompió. ¡Qué espanto! Tuve que encaramarme a pulso, resoplando, sudando la gota gorda, entre gemidos y algún que otro sollozo, hasta que me encontré allí arriba, sin fuerzas, jadeando y pidiendo que se terminase de una vez aquella pesadilla.

—¡Venga, venga! —me apremió Ana—. ¿Es que te quieres quedar a dormir aquí?

Ella ya estaba utilizando el árbol a modo de escalera y se descolgaba hacia el lugar que todavía olía a babas de perro y a sangre de zapatilla muerta. Y yo, detrás, con el corazón en la boca. Ana corriendo delante de mí, dispuesta a meterse de cabeza en la boca del lobo, y yo como si caminase sobre brasas, sobre todo con el pie descalzo. No podía quitarme de la cabeza mi anterior carrera delante del monstruo, y a cada paso experimentaba un impulso de huida y retroceso que se traducía en unos saltitos ridículos que me hacían sonrojar de vergüenza.

Llegamos a la puerta entreabierta de un garaje.

Oí el *uarf-uarf* y noté una gota helada deslizándose espinazo abajo. ¿Qué estábamos haciendo? Ahora saldría el perro monstruoso y mataría a la niña ante mis ojos horrorizados. ¿Qué estábamos haciendo? «¡Vámonos de aquí, niña suicida!». Pero ya era demasiado tarde. Allí estaba el perro.

Y aquella especie de caballo que sale meneando la cola, yo que me tapo la boca para ahogar un chillido, el perro que lame a la niña de arriba abajo, y yo casi me echo a llorar.

Si Ana ya me había avisado, si no era tan imprudente como parecía. Seguramente, ella y su amiguita habían jugado miles de veces con aquel perrazo. Pero, mira que era simpático Titánic, mira qué juguetón. ¿Jugaría igual conmigo?

—Mira, Titánic, ésta es mi amiga. Se llama Tres.

El perro se me acerca. Sobre todo, no demostrar miedo: ésta es la primera regla que debes observar si no quieres ser devorada por un perro. Una sonrisa de oreja a oreja y unos ojos así, muy abiertos, como si te hiciese muchísima ilusión encontrarte con la bestia descomunal que un rato antes te había querido comer un pie. El monstruo correspondió a mi simpática y amable mirada con unos instantes de recelo, pero finalmente debió de pensar que los amigos de sus amigos eran sus amigos y se dejó convencer por Ana. Y entonces... sobre todo, que no se te ocurra hacer muecas ni aspavientos mientras te está lamiendo. Todo lo contrario: abrázalo y acarícialo. «¡Buen chico, Titánic, buen chico! ¡Simpático, colega, machote!» Y ya me tenéis haciéndole cosquillas a la fiera, que se me ofrecía panza arriba. «¡Muy bien, colega, machote, simpático!» Y el perro: «¡Ja, ja, ja, ay que me troncho, no, cosquillas, no!».

—¡Vamos, Tres! ¡No te entretengas ahora con el perro! —me urgía mi clienta.

Empujó la puerta del garaje y se coló por el hueco. Yo la seguía, agobiada por el perro que, poniéndome las patas en los hombros, me empujaba como invitándome amablemente a visitar su caseta. «¡Sólo una copita, mujer, que aún es temprano!».

Oscuridad. Y miedo. Para qué nos vamos a engañar: un miedo de esos de hacérselo encima. Aquellos ojos junto a mi oreja, aquel aliento que olía a zapatilla destrozada, aquellas babas. Y yo: «Venga, perrito, venga, colega, Titánic, tío, que te tomas demasiadas confianzas, que acabamos de conocernos, no te pases».

En el garaje sólo entreví que había dos coches grandes.

Intuí, más que vi, angustiada, cómo Ana se metía en la caseta del perro. Una caseta casi tan grande como mi despacho de cincuenta metros cuadrados. Una especie de rascacielos canino unifamiliar. Desaparece en el interior y, enseguida:

—¡Aquí está la bolsa! ¡Y la cámara de fotos!

Y yo:

—¿Y una zapatilla?

Ana salió con la bolsa en una mano y la zapatilla en la otra. Al ver la zapatilla, el corazón de Titánic se enterneció, posiblemente al recordar los dulces momentos pasados juntos, y me dejó en paz para morder un trozo de suela que aún parecía entero.

—Venga, vamos, salgamos de aquí.

No fue tan fácil. Cuando ya íbamos a abrir la puerta del garaje nos topamos con unas voces procedentes del exterior. El señor DelaSelva y su querida esposa, Engracia.

—¡Que vienen!

Pánico y carrerillas.

Nos precipitamos hacia el fondo del garaje, sálvese quien pueda, cada una por su cuenta. Yo, en la oscuridad, me di de morros contra la pared del fondo, me caí al suelo y rodé sobre mí misma hasta detenerme entre las ruedas de uno de los coches. Me pregunté qué estaría haciendo Ana entretanto. Se me ocurrió que quizás iba demasiado a la mía y no cuidaba lo bastante de mi clienta. Pero mi clienta era muy capaz de componérselas sola.

Más tarde me contó que en aquel momento había pensado que si se metía debajo de un coche la podrían aplastar, ya que quien entra en un garaje generalmente lo hace para subirse a un coche y ponerlo en marcha. Y si no nos aplastaban, al bajarse para cerrar la puerta del garaje, nos verían. Le hubiera gustado avisarme pero, como yo, iba a lo suyo. Es posible que también ella tuviera mala conciencia por no cuidarme lo suficiente. El caso es que abrió el maletero de uno de los coches y se metió de cabeza. Se quedó allí, encogida entre el montón de trapos que lo llenaba.

Se abre la puerta del garaje y entran los señores DelaSelva. Fue el primer contacto que tuve con la histeria de Engracia DelaSelva. La voz temblorosa, los sollozos.

—Yo no puedo conducir un coche, ahora, en este estado —decía.

—¡Pues tienes que conducir el coche!

—¡Estoy demasiado nerviosa! Me estrellaré...

—¡No te estrellarás! ¡Sólo son quince kilómetros! Tú irás delante, yo te seguiré y tocaré el claxon o te haré destellos si veo que cometes algún desatino...

—¿Pero, cuál llevo yo?... —dijo ella con un sollozo a flor de labios.

—¡Tú lleva el nuestro! ¡Ya conduciré yo el de Galiá!

¿Se llevaban los dos coches? ¿El suyo y el de Galiá?

¡Brum, brum! Los dos coches rugiendo por los tubos de escape. Yo, aplastada contra el suelo. Los coches avanzan, salen del garaje, primero uno, después el otro. Las ruedas pasan a mi lado, alejándose. Yo, besando el suelo, abrazada a mi bolsa, con los ojos cerrados. Y se me ocurre: «¡Ahora se apearán del coche para cerrar la puerta y me verán!...».

Pero nadie se apeó del coche. A Engracia no había quien la parase. ¡Por poco, ni se detiene para abrir la verja del jardín! Oí el chirrido de los frenos y, luego, los gritos de Jacinto DelaSelva:

—Pero ¿se puede saber qué haces? ¿Se puede saber qué es lo que pretendes?

Y ella:

—¡Ya te he dicho que no estaba en condiciones de conducir!

—¡Pues tienes que estarlo!

Me incorporo y se me para el corazón por primera vez cuando Titánic se me echa encima para celebrar que todavía estoy viva. Pobre animal, debe de sentirse muy solo, necesita afecto... El corazón se me para por segunda vez cuando miro a mi alrededor y no veo a Ana. Y digo: «¿Ana?», y no me contesta.

Y estoy segura, pero completamente convencida, de que Ana se ha metido en el portaequipajes de uno de aquellos coches y ahora se la llevan quién sabe dónde.

¡Oh, Dios mío! ¡Me quería morir!

¡Y eso que todavía no sabía que la niña viajaba acurrucada junto a un cadáver!

CAPÍTULO CUARTO

Mi primer interrogatorio

1

No fui la única que salió corriendo de aquella casa, presa del pánico. Los señores DelaSelva no se habían parado para bajar del coche y cerrar la verja. Yo tampoco lo hice, la verdad. Si a ellos les gustaba la verja abierta, por mí no había inconveniente.

De pronto me parecía que las fotografías que había obtenido eran una tontería que no conducía a ninguna parte. Sólo recordaba haber visto dos personas muy nerviosas, discutiendo a gritos. Bien mirado, aquello no demostraba nada. Bueno, lo cierto es que, en aquel momento, cuando yo salía rauda como una centella de casa de los DelaSelva, no había nada que me demostrase que allí había sucedido algo. No podía apartar de mi cabeza la idea de que Ana Farrás estaba viajando en el maletero de un coche con destino desconocido.

Y, cuando menos lo esperaba, doblo una esquina y, donde había dejado la bicicleta, me encuentro con dos faros que me deslumbran y me ciegan. Y, por encima de esos rayos de luz, los destellos intermitentes y azulados del coche de la policía.

Este encuentro no me hubiera preocupado mucho en otras circunstancias, pero quiero recordaros que la policía estaba muy nerviosa aquella noche (y yo lo sabía) y que yo iba vestida toda de negro, con la cara embetunada y con una bolsa colgada al hombro (como un ladrón de tebeo cargando con el botín).

De modo que solté un grito, di media vuelta y volví a doblar la misma esquina en dirección contraria. Y un bocinazo a mi espalda: «¡Oiga, espere!», que me produjo un escalofrío oír que me llamaban así, de usted, porque eso quería decir que no habían visto a una jovencita inofensiva, sino a un individuo peligrosísimo digno de ser perseguido.

Y me persiguieron, claro.

Era una dotación policial que iba tras el desaparecido Manolo Due. Habían visto por la zona un coche parecido al que conducía el *pichichi* y se habían movilizado hacia allí. ¿Qué tendría que ver aquel fantoche de negro (yo) con el secuestro del goleador? Se lo notificaron al capitán Melquíades Barreno por radio:

—¡Hemos visto un hombre enmascarado y vestido de negro corriendo por la avenida Vázquez Montalbán!

—¿Un hombre enmascarado y vestido de negro? —¿de qué le sonaba eso al capitán Barreno? ¡Claro! ¡Los padres de aquella niña loca le habían hablado de un individuo disfrazado así! ¿Y dónde había pasado eso? ¿En la avenida Vázquez Montalbán? ¿Precisamente donde vivían los señores Farrás?—. *¡Detenedlo piso facto!*

(Melquíades Barreno creía que se decía así: *piso facto*).

Toda la avenida se extendía frente a mí, con los plátanos y los bancos de diseño. Fantástico, ni una sombra donde esconderme. Y el coche que me dispara a la espalda la luz de los faros, y mi sombra sale proyectada violentamente hacia adelante, larga, larguísima, huyendo de mí, corriendo más deprisa que yo. ¡Era la segunda vez que me perseguían aquella noche, y otra vez el perseguidor corría más que yo!

¡La primera esquina a la derecha!

Me escabullí de los faros torciendo hacia allí cuando el coche de la policía ya estaba casi a mi lado. El guardia civil que conducía no se esperaba la finta, y pasó de largo. «¡Eh, para, para!». En la avenida resonaron los ecos de un frenazo interminable y el agudo ruido de una forzada marcha atrás.

Yo corría por el callejón de Carvalho que, al final, se abría al Parque de la Riba, cerca del río. Un hayedo, un seto de boj, ¡escondites! Y los perseguidores volvían a pegarme la luminaria en la espalda.

Salí del callejón, crucé la calle y me tiré de cabeza entre las matas de boj, que formaban un tupido seto. No recordaba que, al otro lado, había un pronunciado talud ajardinado que bajaba casi vertical hasta la orilla del río. («¡Sólo me faltaba caer al agua!»). El golpe que recibí en la espalda me demostró que no había caído al agua, sino a la calzada de asfalto que bordea y canaliza el río. El faro cegador y perseguidor se había quedado arriba...

¡No! ¡Tuve la intuición de que aquellos brutos iban a continuar su marcha talud abajo, pegados a mi culo, como vulgarmente se dice!

¿Me vería obligada a tirarme de cabeza al agua?

Un poco más allá, confundido con las sombras, estaba aparcado un BMW negro, con las luces apagadas. Era el único escondite que se me ofrecía. Incluso podía llegar a ser un medio de escape. Corrí hacia él.

Por encima del hombro pude ver cómo el coche de la guardia civil atravesaba el seto de boj con gran estrépito y caía por el talud destrozando parterres, matorrales y césped como el caballo de Atila.

Llegué al coche. Pensaba: «¡Si tuviera la puerta abierta! ¡Si las llaves estuvieran puestas!».

No tenía la puerta abierta porque no había puerta en el lado del conductor. Y tenía las llaves puestas, pero había un pequeño inconveniente: ¡el propietario del coche estaba dentro!

Los dos nos dimos un buen susto. Sobre todo porque el coche de la policía acababa de estrellarse contra el asfalto de la orilla con un estruendo de fin del mundo.

Sin embargo, las luces azuladas continuaban dando vueltas y coloreando el paisaje, y eso también movilizó al ocupante del BMW. Puso el coche en marcha con instintivo gesto de fugitivo.

¡Al mismo tiempo que yo le reconocía!

¡Era Manolo Due, mi querido *pichichi*!

Él me miró, me reconoció y abrió la boca.

Yo le dije (exigí):

—¡Me debes la vida!

Me metí en la parte trasera del BMW al mismo tiempo que arrancaba con tirón encabritado. El coche de la policía ya venía hacia nosotros.

¡Persecución!

2

Yo entonces no sabía que la policía creía que alguien había secuestrado a Manolo Due. Tampoco podía sospechar que el *pichichi* estaba allí escondiéndose de no sé qué. Si pensé algo (que no pensé nada) fue que mi ídolo futbolístico estaba allí, en la oscuridad, meditando, pensando en su amor o concentrándose de cara al próximo penalti que debiera lanzar.

Sin embargo, cuando los policías vieron un BMW negro, se olvidaron automáticamente del ladronzuelo vestido de negro y embetunado como un comando.

—¡Es el coche de Manolo Due!

—Me reconoces, ¿verdad? —me aseguraba la colaboración del futbolista—. ¿Me reconoces? ¡Esta mañana te he salvado la vida! ¡La furgoneta te quería atropellar!

Íbamos a toda velocidad y, por un momento, creí que Manolo Due corría tanto con la única finalidad de sacarme del apuro.

El coche de la policía no nos perdía la pista.

—Cuando te diga que saltes —dijo Manolo Due—, ¡salta!

—¿Que salte?

El BMW había enfilado una rampa, huyendo del río por el Parque de la Riba, hacia el interior del barrio del Castillo. El coche de la guardia civil nos perseguía pasado de revoluciones. ¡Nunca podrían alcanzarnos!

Ellos no nos alcanzaron.

Fueron dos coches que venían de frente. El 4 × 4 del capitán Melquíades Barreno y la tercera unidad motorizada (eufemismo para referirse a un viejo R-5 que no servía para nada).

Aparecieron de la nada y formaron una barrera frente a nosotros.

—¡Agárrate! —gritó Manolo Due.

Dio un volantazo hacia la derecha, invadió la acera y embistió un quiosco (*el quiosco*, el único que había en el Parque de la Riba), que resultó ser mucho más sólido de lo que aparentaba. Mucho cristal combinado con madera que parecía contrachapada, toda la vecindad protestando porque decían que iba a salir volando al primer soplo de tramontana, y resultó ser como una columna de granito en medio de nuestro camino.

¡Qué catástrofe!

¡Cristales, chapa, aluminio retorcido, revistas, periódicos, caramelos, calderilla rodando por todo el parque!

¡Badabum!

Y el coche girando como una peonza hasta quedar mirando en dirección contraria a la que llevábamos.

—¿Y ahora qué hacemos? —pregunta tonta.

—Tú no lo sé —dijo Manolo Due—. Yo acabo de perder la memoria.

Y puso cara de idiota.

3

¡Ostras, la que se armó cuando los padres de Ana descubrieron que no estaba en su habitación!

No podían dormir, claro, de lo nerviosos que estaban después de lo que había sucedido. No podían dejar de hablar de las extravagancias de su hija.

—Puede que hayamos sido demasiado tolerantes...

—Puede que hayamos sido demasiado duros...

—Yo, un día, le di una bofetada... Una bofetada pequeñita, con la punta de los dedos... Quizás me odia desde entonces...

—Yo no la veo nunca. Es una hija sin padre...

—¿Qué nos dirá el psicólogo?

—Nos reñirá...

—Ya verás qué vergüenza...

Finalmente, Amelia tuvo una intuición de madre.

—¡Nosotros aquí, haciéndonos compañía el uno al otro, y ella solita en su habitación!...

El señor Farrás, en cambio, tuvo una observación de padre. Una puerta estaba golpeando.

—¿Qué es eso? ¿Es el viento? Me parece que la ventana de su habitación está abierta...

Se miraron. ¿La ventana de su habitación abierta?

Saltaron de la cama y corrieron hacia donde se suponía que su hija estaba durmiendo plácidamente. Por el pasillo, advirtieron la existencia de una excesiva corriente de aire.

—¿Ana?

Ana no estaba en su habitación.

Cayó sobre ellos un absoluto desánimo. «¡Oh no, otra vez no!». Tenían ganas de llorar.

—¿Ana? —dijeron al unísono.

—Venga, nena, guapa, no hagas bromas...

Sí, sí, bromas, qué más quisieran ellos que fuese una broma.

—Vamos, Ana, sal de donde estés escondida. ¡No nos hagas enfadar!

—¡No la riñas, que no saldrá!

No estaba dentro de ningún armario, ni debajo de la cama, ni en el desván, ni en la bodega, ni en el garaje, ni en la casita de juegos, ni en el invernadero, ni se había ahogado en la piscina. Despertaron a la doncella (¿cómo no se había enterado de nada hasta entonces? Di que sí, que se hacía la dormida para no meterse en líos. «¡Serán capaces de hacerte trabajar a estas horas! ¡A ti sólo te pagan por trabajar de día!»). Y nada.

—La niña no está —decía Amelia, llorosa. Y no sabía qué la deprimía más, si la desaparición de la niña o la perspectiva de tenerse que encarar de nuevo con el capitán Barreno y su furia.

—Tendremos que ir a la policía, ¿no? —dijo el señor Farrás, atemorizado, con los ojos como huevos fritos y las constantes vitales paralizadas.

—¿A la policía? —exclamó la señora Farrás, con una especie de desesperación—. Sí, claro, tendremos que decírselo a la policía.

Se miraban y remiraban. Después de la bronca que les había metido el capitán Melquíades, ¿con qué cara se presentaban para contarle el último capricho de la niña?

Se vistieron y, abrumados por la angustia, se trasladaron al cuartelillo de la guardia civil.

Ostras, no veas el follón que había en el cuartelillo.

4

A Salvador, aquel agente que no abría la boca, le había faltado tiempo para llamar a su mujer y comunicarle con voz ahogada que habían detenido a Manolo Due y lo estaban interrogando. «¡Manolo Due no podrá estar en el partido con el NTU de Grösvik!» La noticia había corrido de boca en boca. La mujer de Salvador se lo había dicho a los niños, a la tía Herminia y a dos vecinas y, un cuarto de hora más tarde, delante del cuartelillo de la guardia civil, había una auténtica multitud armada de blocs y lápices para pedir autógrafos.

Salvador había mentido en una cosa: no *estaban* interrogando a Manolo Due. Lo estaba interrogando el capitán en exclusiva. Después de tantos años esperando un suculento interrogatorio, el capitán Melquíades Barreno no estaba dispuesto a ceder a nadie aquel privilegio.

—¡Yo dirigiré los interrogatorios! —gritaba con actitud taurómaca de «dehadme zolo». Parecía un niño estrenando un regalo de reyes delante de sus amigos: «Que nadie lo toque, es mío, yo prime»—. ¡Que nadie hable con esta chica! —lo decía por mí—. ¡Primero, le tomaré declaración al futbolista y, luego, me encargaré de ella!

De modo que se encerró en el despacho con Manolo Due y, durante un buen rato, la dotación de la guardia civil de Tos no tuvo otra cosa que hacer que mirarme fijamente y mantener a distancia a los admiradores del *pichichi*.

Con una interpretación abominable, que demostraba que no estaba dotado en absoluto para el teatro, Manolo Due intentaba convencer a todos de que sufría un terrible ataque de amnesia. Decía: «¿Quién soy? ¿Dónde estoy? ¿Qué me ha pasado?», y miraba al infinito con una expresión de alelado que habría hecho llorar al mismísimo Hitler. Se oían los rugidos del capitán en el interior del despacho: «¿Te crees que soy imbécil?» Y la vocecita del jugador: «No, señor».

Los guardias civiles disimulaban la risa porque yo estaba delante. Por lo visto, ninguno de ellos era seguidor del Barça y les parecía divertido que el equipo azulgrana no pudiera contar con su *crack*. Yo, angustiada, intentaba decirles que había una niña en el maletero de un coche viajando con destino desconocido. Pero me cortaban y ordenaban que me sentase: «¡Que te calles! ¡Que te sientes! ¡Ya se lo dirás al capitán!». Y yo, haciendo nudos con los dedos y mordiéndome los labios.

Fue en aquel intervalo cuando llegaron los dos hombres vestidos con ropa cara y zapatos relucientes, sorprendentemente bien vestidos a aquellas horas de la madrugada.

—Perdone... —se presentaron, muy educados, mostrando sus tarjetas—. Somos los abogados del señor Manuel Oliveira. Si está detenido, tiene derecho a asistencia letrada...

—De momento, no sé si está detenido... —dijo Salvador.

—Entonces, queremos hablar con él inmediatamente.

Yo me decía, muy mosca: «Qué rápido han venido sus abogados. Si yo aún no he tenido tiempo ni de descolgar el teléfono...».

El capitán salió del despacho gritando:

—¡Buscadme un médico! ¡Traedme un forense! —y a mí, con tono imperativo—: ¡Tú! ¡Pasa para adentro!

Fue en aquel momento, cuando yo entraba en el despacho y Manolo Due salía, cuando me fijé en la expresión del futbolista al ver a los señores elegantes. Un relámpago de pánico, la boca seca y los ojos desamparados. Se defendió entregándoles precisamente mi tarjeta. «Tres Catorce, detectiva privada.»

—Entendeos con esta agencia —dijo, olvidando momentáneamente su amnesia.

¿Ésa es la manera de hablar con los abogados que vienen a sacarte de un apuro?

(Pero eso ya forma parte de otra aventura, la que viví con Manolo Due y que contaré en un próximo libro, que se titulará *Tres Pi Erre que erre*).

Me encaré con mi primer interrogatorio (y probablemente también el primer interrogatorio del capitán Melquíades Barrero). Me dijo: «¡Siéntate!», señalando una silla, de modo que me senté donde me decía, esperando la primera bofetada.

Nada de bofetadas. Siguiendo el canon tradicional, empezó por la presentación de personajes. «¿Quién eres? ¿Qué haces?

¿Para quién trabajas?». Luego, fue al meollo de la cuestión: «¿Qué hacías en el coche de Manolo Due? ¿Por qué huías de la policía?».

Opté por decir la verdad y por pasarle una tarjeta de la agencia *Pisamoreno*.

—Pero tú no tienes edad para ejercer de detective privado...

—Ya lo sé. Trabajaba por mi cuenta... Quería fotografiar al señor DelaSelva...

—¿Qué sabes tú del señor DelaSelva?

—Que maltrata a su mujer... Bueno, no lo sé. Es lo que quería comprobar...

Tarjeta en mano, mientras hablábamos, el capitán marcaba el número de teléfono particular de Rodri Zamorano, mi socio.

—¿Seguro que no sabes nada de unas falsificaciones de cuadros?...

Primera noticia. ¿Falsificaciones? Ostras, sonaba muy sugerente, pero no, no sabía nada. Negué enérgicamente con la cabeza.

Y él, al teléfono:

—¿Señor Rodri Zamorano?

La mujer de Rodri le decía que su marido no estaba. Llorosa: «¡Si no para nada en casa! ¡Es un pendón!». (Ya os contaré otro día la historia de Rodri Zamorano y su mujer. Qué drama, pobre mujer).

—Mire: soy el capitán Barreno, de la guardia civil... Es que hemos detenido a una chica que dice que trabaja para el señor Zamorano, una que se llama Teresa Pi... ¿La conoce?

¡Claro que me conoce Cristina! Le preguntó si yo tenía algún problema, aseguró que yo era una bellísima persona e incluso se ofreció para ir a buscarme. Yo dije que no era necesario, que bastantes problemas tenía ella, que ya me las arreglaría. El capitán le dijo que, en todo caso, ya me acompañarían ellos a casa.

Colgó el auricular, me miró más apaciguado y reanudó el interrogatorio en otro tono:

—De modo que estabas vigilando al señor DelaSelva, pero no por algo relacionado con falsificaciones...

—No sabía que hiciera falsificaciones...

—¡No, no! ¡Ni yo tampoco! —dijo precipitadamente, con mucho énfasis. No tenía pruebas. Aquella afirmación podía costarle un juicio por difamación—. Yo sólo preguntaba. Y querría saber por qué le vigilabas, si no era por las falsificaciones...

—Ya se lo he dicho. Tenía noticias de que maltrataba a su mujer...

—¿Quién te había dicho eso?

Pregunta delicada, a la que correspondía una respuesta aún más delicada.

—Bien... Le agradezco que me haga esta pregunta... —yo no ignoraba la reacción que provocaría en el capitán la mención de mi clienta. Pero debía responder, claro. Y, de paso, explicarle en qué aventura se había metido la persona que me había dicho que DelaSelva maltrataba a su mujer.

—Pero ¿trabajas por tu cuenta o no trabajas por tu cuenta? —insistía él.

—Bueno, no del todo por mi cuenta... No del todo. En realidad, me habían contratado...

—¿Quién te había contratado?

En voz baja:

—Una niña.

—¿Una niña? —se disparó una especie de alarma en algún punto del cerebro del guardia civil. Ya estaba más que harto de niñas, por aquella noche.

—Una niña que se llama... —en voz aún más baja—: Ana Farrás.

—¿Cómo dices? ¿Una niña? ¿Que una niña te ha contratado?

—Sí, Ana Farrás, la que...

Sobraban las explicaciones. El capitán sabía perfectamente quién era Ana Farrás.

—*¿Ana Farrás?* —los ojos se le hinchaban como globos a punto de explotar, su cara enrojecía y palidecía como un hierro candente, y sus mofletes temblaban como los de un perro bóxer—. ¡No pronuncies ese nombre delante de mí, ¿me oyes?! ¡Si vuelves a repetir ese nombre delante de mí, te meteré en un calabozo y no volverás a salir de él jamás, ¿¿me oyes??!

—¡Pero es que ha desaparecido!

—¡No quiero saberlo! ¡No me lo creo! ¡No me lo digas! ¡Me da lo mismo!

Le había entrado una especie de ataque de locura. Se tapaba las orejas con las palmas de las manos y cerraba los ojos y recorría el despacho dando vueltas como un obseso.

A pesar de todo, yo le seguía relatando el resto de la aventura:

—... Y se ha metido en el maletero de un coche ¡y el coche se ha ido!

Me interrumpió abriendo la puerta del despacho para echarme.

—¡Fuera de aquí! ¡No quiero oír ni una palabra más!

En el quicio de la puerta estaban enmarcados los señores Farrás. Él tenía el puño levantado, a punto de llamar.

—¡Ah, capitán! —dijo Amelia amablemente, como diciendo: «¡Qué alegría verle de nuevo!».

El capitán Melquíades Barreno se había vuelto loco.

—¡Ni una palabra! ¡Fuera de aquí! ¡Fuera tú también, niña! —eso de niña iba por mí—. ¡Y ustedes, fuera! ¡No quiero oír hablar de su hija nunca más! ¡Y si la han secuestrado, les recomiendo que no paguen el rescate! ¡Saldrán ganando!

¿Quéeee?

Nos quedamos todos petrificados. No solamente los señores Farrás y yo misma, sino también los guardias de la entrada, y Manolo Due, y el médico forense, que estaba buscándole la amnesia en el fondo del ojo. Una decena de miradas recriminadoras fulminaron al congestionado capitán Barreno.

Y el tono helado en la voz del señor Farrás:

—Está bien. Supongo que a sus superiores les gustará conocer la estrategia que emplea para resolver un secuestro...

Y media vuelta.

—¡No, no, no! ¡Esperen! ¡Perdonen! —el capitán, colorado como un semáforo, los carrillos de bóxer temblorosos y cargados de tics. Y, muy humilde y humillado—: Pasen, por favor...

5

Ana también estaba horrorizada desde el momento en que el coche se puso en marcha, claro, y sólo pensaba en salir de allí, como fuera, a la primera ocasión.

La ocasión se presentó cuando los DelaSelva tuvieron que detenerse en el peaje de la autopista, a la salida del pueblo. Por suerte, Engracia iba en el primer coche. No quiero ni pensar en el susto que hubiera tenido al ver cómo se abría la tapa del maletero en el que viajaba el muerto, y de allí salía una mano y, enseguida, una niña en camisón.

Al ser de madrugada, no había ningún otro coche tras el que conducía DelaSelva. Nadie vio salir a Ana.

Lo que Ana vio entonces fue lo que había en aquel portaequipajes en el que viajaba desde hacía un buen rato.

Un hombre. Un hombre como dormido. En realidad, un hombre muerto. Hasta con sangre en la camisa.

¡Ostras! ¡Qué sacudón! ¡Había estado acurrucada junto a un muerto!

El coche se pone en marcha, Ana se lleva un susto de campeonato y corre a esconderse tras la máquina en la que se depositan las monedas.

El señor DelaSelva no se dio cuenta de que llevaba el maletero abierto hasta un kilómetro más allá. ¡El maletero abierto! ¡Eh! ¿Qué ha pasado aquí? ¿Se ha escapado el muerto? ¿Y si lo llega a ver algún empleado del peaje...?

Frenazo en seco. DelaSelva salta del coche y respira aliviado al ver que el muerto continúa igual que antes, tan tranquilo, con los ojitos cerrados y la camisa manchada. Y nada más.

DelaSelva que cierra el maletero, asegurándose de que queda bien cerrado, y prosigue el viaje pensando que esta noche ha tenido suerte, mucha suerte.

Mientras tanto, Ana buscaba a algún empleado para que la llevase a su casa.

—Pero ¿qué haces tú aquí, criatura, a estas horas?

—¡Uy, si yo le contara!...

El empleado hace señales al conductor de una grúa que vuelve de auxiliar a un conductor en la autopista.

—¿No te importa acompañar a esta niña hasta su casa?

—No, hombre, no. Encantado. Suba, señorita.

6

Los padres de Jacinto DelaSelva vivían en una masía con aspecto de ruina medieval, rodeada de una gran extensión de terreno, a unos quince kilómetros de Tos. Aunque el hijo artista les había hecho restaurar la fachada, había creado delante una especie de jardín y habilitado la mitad de las habitaciones del edificio para darle un aspecto de segunda residencia de lujo, como corresponde a un artista consagrado, los viejos, que no renunciaban a sus orígenes, habían convertido el jardín en un huerto triste y polvoriento de tomateras desmayadas, y habían colocado un tendedero del que colgaba una ropa muy limpia, pero vieja, zurcida e impresentable. Se podía ver también un cubo de basura sin tapadera, un gallinero desvencijado y gallinas y patos estorbando por todas partes. Y, si mirabas hacia la derecha del edificio, descubrías una dependencia anexa que se había desmoronado arrastrando algunas tejas de la cubierta de la masía. Jacinto DelaSelva hacía tiempo que había renunciado a reparar nada. La antena parabólica parecía un esperpento en medio de aquel decorado medieval.

Más allá de las ruinas de la dependencia estaban los corrales y la vivienda del hombre que, teóricamente, debía cuidar de los abuelos y de todo aquello. La vieja furgoneta de la familia se había convertido en chatarra oxidada y terminaba de otorgar al escenario un deprimente aspecto de barraca misérrima.

Cuando los dos coches se pararon ante la casona, a la luz de sus faros el escenario resultaba fantasmagórico.

Bajaron Engracia y DelaSelva. Corrieron apresurados hacia la puerta de la vivienda del rentero y llamaron con delicadeza.

Toc, toc, toc.

Bailaban de impaciencia, ya sobre una pierna, ya sobre la otra. Engracia se mordía las uñas, el pintor encendía un cigarrillo. Ella miraba hacia la parte noble de la masía, muerta de ganas de refugiarse allí, servirse un whisky, tomarse una pastillita para dormir y alejarse momentáneamente de aquel mundo tan difícil en el que le había tocado vivir. Él dirigía su mirada hacia la oscuridad del campo, a las siluetas de los pinos que se recortaban contra el horizonte de luna llena, y pensaba que tarde o temprano tendría que darle una explicación a su mujer. «¿Se puede saber por qué tuviste que matar a Galiá?». ¿Le creería si le dijera que había sido en defensa propia?

La puerta se abrió con un crujido siniestro. Allí estaba el Pillastre, abotargado, malcarado, alto y corpulento como un ogro, mal afeitado, desaliñado, despeinado, con un ojo más cerrado que el otro. Del interior de la vivienda les llegó un tufo insoportable, mezcla de olor a cerrado, a verdura cocida, a sudor y calcetines sucios.

—¡Qué! —dijo el Pillastre, antes de darse cuenta de quiénes eran sus visitantes. En cuanto los identificó, adoptó entonces un tono más deferente, casi humano—: ¡Qué!

—Tengo que hablar contigo, Pillastre. Ven.

¿Qué significaba aquello? ¿Que no quería que Engracia los oyese? Bueno, a Engracia le daba lo mismo. Cuanto menos supiera de aquel tejemaneje, mucho mejor. Ella sólo quería irse a dormir. La muerte de los demás no era su problema. Jacinto apartó a Pillastre un poco más lejos, allí donde la pocilga de los cerdos expandía un hedor insoportable, y le dijo:

—Este coche, el Vectra, te lo llevas a Figueras y lo dejas abandonado en un aparcamiento municipal. Y vuelves hacia aquí enseguida. Antes de que salga el sol, te quiero aquí —el Pillastre hizo una mueca y consultó un antiguo reloj de bolsillo, una reliquia—. Que no te vea nadie. Vete por la carretera comarcal y corta por todos los caminos agrícolas que encuentres. No te han de ver de ningún modo. Tú nunca has visto este coche, ¿de acuerdo?

Me imagino que el Pillastre lo miraría como diciendo: «O sea, que tú también tienes algo que ocultar, ¿no? Y lo tengo que ocultar yo, ¿no? Eso quiere decir que te pones en mis manos... ¡Magnífico!». (Ésta es una de mis ocurrencias para aderezar un poco el relato).

—Ah, por cierto... Otra cosa... —como si no tuviese importancia—: En el maletero encontrarás un cadáver. Ahora lo escondes y mañana, cuando vuelvas, me lo entierras donde no lo pueda encontrar nadie.

El Pillastre se permitió una sonrisa (digo yo). «O sea, ¿que tienes un muerto para esconder? ¿Y lo tengo que esconder yo? ¡Eso quiere decir que ya eres mío! ¡Fantástico!».

—¿De acuerdo?

—De acuerdo.

—Pues eso es todo.

El señor DelaSelva se acercó a Engracia.

—Ea, vamos. Vamos a dormir —Engracia quería preguntarle: «¿Y el muerto?»—. No te preocupes. El Pillastre lo arreglará todo.

Con una gran visión de futuro, Engracia dijo:

—¡Ay, Dios mío!

Entonces se dirigieron a la fachada principal de la casa y, enseguida, Engracia se pudo tomar el whisky tan deseado y las pastillas para dormir y pasarse el resto de la noche con los ojos como platos, temblando de miedo y muy enferma. Al día siguiente tenía encima una resaca *king-size.*

7

Y entretanto, todo resuelto.

La llegada de los señores Farrás al despacho del capitán Barreno propició que yo pudiese acabar de explicar todo lo que sabía.

—¡Yo sé dónde está su hija! —dije para que me hicieran caso.

Me hicieron caso, ¡ya lo creo que me hicieron caso!

—¿Sí?

—¿Dónde?

—¡En el maletero de un coche!

—¿En el maletero de un coche?

—¿Qué coche?

—¡No lo sé!

Con un prólogo como éste, comprenderéis que enseguida los tuve a los tres pendientes de mi relato. Lo solté todo. Ahora ya sabrían por qué aquella mañana Ana había desaparecido con el sobre de las cien mil pesetas, y por qué había vuelto con el dinero intacto, y a qué se debían las sucesivas apariciones y desapariciones de aquella noche. Hasta llegar a los dos coches del garaje de los DelaSelva, uno de los cuales había partido con destino desconocido con la niña en el interior del maletero.

—¿De qué marca era el coche? ¿Viste la matrícula?

—Estaba demasiado oscuro y, además, yo estaba debajo de un coche de bruces sobre el suelo. No, lo siento, pero no vi nada.

Y ya tenemos al capitán Melquíades Barreno llamando a quien correspondiera para comprobar las marcas y los números de matrícula de los coches de Jacinto DelaSelva...

—Dicen que el señor DelaSelva sólo tiene un coche.

—¿Y el otro?... —recordé—. Tiene razón... El otro no era suyo. DelaSelva dijo algo así como: «Tú coge nuestro coche, que yo conduciré el otro, el de...».

—¿Dijo algún nombre?

—Sí, dijo un nombre. El de... —yo intentaba recordar mientras los señores Farrás y el capitán Barreno me miraban obsesivamente con las bocas abiertas y sin parpadear—. Acababa en... Y era corto... Como... ¿Gavá?

—¿Gavá? —dijo el guardia civil, con las pupilas bailándole en medio de aquellos ojos como huevos fritos—. ¿No sería Galiá? ¿Faustino Galiá?

Yo dudaba y él se excitaba cada vez más y más.

—Sí, podría ser Galiá...

¡Galiá! ¡Faustino Galiá era el catedrático que había autentificado los cuadros falsos! ¡Andaba desaparecido, y los colegas de Barreno lo estaban buscando por Girona!

—¡Galiá! ¿Has dicho Galiá? ¿Faustino Galiá? ¿Tenían el coche de Galiá en su garaje? ¿Y se lo llevaron ellos?

Hecho un flan, el capitán llamaba a la Central o donde fuera para pedir que averiguasen la marca y la matrícula del coche propiedad de un tal Faustino Galiá.

Y luego nos despedía, porque el forense estaba esperando fuera para comunicarle el resultado del reconocimiento de Manolo Due, el *pichichi*. Era una noche llena de problemas, pero, ¡hacía tanto tiempo que el capitán Barreno esperaba una noche como ésta!...

Cuando cruzamos la sala de espera, Manolo Due se levantó del banco y se dirigió hacia mí.

—¡Eh, Tres! —y yo, emocionadísima porque recordaba mi nombre. Toda hueca. Él no sabía dónde mirar, estaba muy nervioso, frotándose las manos, ¡tan tierno! Y en voz baja, para que no nos oyeran los guardias y el médico forense, que no le perdían de vista—: Aquellos señores que estaban antes aquí... —¡qué emocionante! ¡Manolo Due quería confiarme un secreto!—. Les he dado tu tarjeta... No me ha quedado más remedio, no sabía qué hacer... Es posible que mañana se pongan en contacto con vosotros... Yo también os llamaré y os lo explicaré todo...

No podía explicarse más porque el capitán Barreno tenía la puerta abierta y estaba exigiéndole que entrase, y los señores Farrás me estaban esperando a mí con impaciencia.

Yo, muy intrigada:

—De acuerdo. Entonces, mañana hablaremos.

Los señores Farrás me llevaron a casa. Ni me riñeron ni me reprocharon nada por los malos ratos que habían pasado, muy al contrario, me agradecieron que no me hubiese aprovechado de su hija y del dinero que me había ofrecido. Estaban muy preocupados por el comportamiento de la pequeña Ana, y yo les pregunté si le prestaban suficiente atención. ¿Le hacían caso?

—¿Que si le hacemos caso? ¡Pues claro que le hacemos caso! ¡Demasiado caso! ¡Nos desvivimos por ella!...

—Ah, muy bien, muy bien... —yo no quería meterme en sus asuntos—. Pero, ¿hablan con ella...? Quiero decir que... Cuando ella ha pensado que su vecino había matado a su hija, ¿cómo es posible que haya tenido que ir a buscar a una detectiva privada para contárselo? ¿Por qué no se ha sincerado con ustedes? —se quedaron de una pieza—. A lo mejor, a ella le parece que no le harían caso. A lo mejor, piensa que le dirían: «No digas tonterías».

Los dejé en el coche, muy callados y pensativos.

Cuando entré en casa, mi abuela me llamó desde la cama:

—¡Teresa! ¿Cómo estás?

—Bien, abuela, bien...

—¿Te han atacado? ¿Has tenido que defenderte?

¡Si ella supiera!...

—No, abuela.

—Pero tú nunca bajes la guardia. Venga, a dormir, que es tarde.

Qué singular es mi abuela Tecla.

Y, hablando de singularidades, la llegada de los Farrás a su casa. Cabizbajos y deprimidos, debatiendo por qué Ana confiaba más en una desconocida que en ellos. ¿Le habrían dicho «¡No digas tonterías!» si les hubiese ido con la historia de la muerte de su amiguita?

El señor Farrás tuvo que reconocer:

—Me temo que sí.

Y Amelia:

—¡Es que es una tontería! —enseguida se arrepintió de haberlo dicho. Y cuando van a cerrar la ventana de la habitación de Ana, que habían dejado abierta, van y la encuentran cerrada.

Y a Ana, pobrecilla, muy dormidita en su cama.

Los señores Farrás la miraron y se miraron luego el uno al otro.

—Y ahora, ¿qué hacemos?

—¿Se lo vamos a decir al capitán Barreno?

—¡No, no, yo no le digo nada! Mañana, en todo caso...

—Pero la estarán buscando...

El señor Farrás se encogía de hombros. «Que hagan lo que quieran. Yo no vuelvo a decirle al capitán que Ana ha reaparecido».

Amelia se puso a llorar. Demasiada tensión, pobrecilla.

—¡Chssst! ¡Llora bajito, que la vas a despertar!...

CAPÍTULO QUINTO

Nada que hacer

1

Comprenderéis que al día siguiente, dos de marzo, me levantase tarde y que me pasase mucho rato en la ducha, bajo el agua caliente, para recuperarme de los arañazos, los sustos y la agitación de la noche anterior. Además, camino de la agencia, tuve que dar un rodeo para llevar el carrete de fotos a revelar. Eso quiere decir que llegué a mi despacho una hora y pico más tarde de lo acostumbrado.

Lo encontré todo patas arriba. La puerta reventada de una patada, la centralita del teléfono por el suelo hecha migas, el ordenador destrozado y todos los cristales de los cuadros rotos. Y el Titi con la cara como un mapa, maldiciendo como un carretero, e Irene gimoteando, presa de un ataque de histeria. Y el despacho de Rodri, hecho una pena. Y el mío... Todos los libros por el suelo, algunos, los más valiosos, rotos con un ensañamiento feroz. La vitrina hecha añicos y los cristales pulverizados y esparcidos por todas partes. Utilizando los trofeos de mi padre como proyectiles habían roto los cuadros y ocasionado grandes destrozos en las paredes y en el escritorio.

Y el pobre Titi. Mi amigo el Titi, tan gallito y descarado, había salido al paso de los vándalos y le habían zurrado de firme. Incluso a Irene, tan estirada y remilgada ella, la habían agarrado por el cuello de la blusa y la habían zarandeado de tal modo que hasta se le habían torcido las gafas.

—Pero ¿qué ha pasado? ¿Quién ha hecho todo esto?

El Titi me respondía parapetado tras una toalla con la que intentaba parar la hemorragia de una ceja.

—Dos bestias vestidos de señores. Ropa cara, zapatos brillantes —recordé a los que, la noche pasada, habían estado hablando con Manolo Due—. Querían cobrar diez millones de pelas.

—¿Qué?

—Que querían cobrar los diez millones de pelas que les debe Manolo Due. Tenían metido en la cabeza que somos los representantes de Manolo Due, y por lo visto él les había dicho que hoy les íbamos a pagar diez millones de pelas...

Yo, *glups*, ya os podéis imaginar.

—Decían que Manolo Due les había indicado que se entendieran con nosotros. Uno de ellos, el más alto, ha dicho: «Esto sólo es una advertencia. La próxima vez que vengamos a veros, será para cobrar».

—¿Y no estaba Rodri?

—Rodri acaba de llegar. Ahora está hablando con la guardia civil.

¡En el interior del despacho estaba el capitán Barreno hablando con Rodri! Me escabullí hasta mi oficina sin hacer ruido.

Estaba recogiéndolo todo e intentando reflexionar sobre lo que sabía del caso, cuando sonó el teléfono. El número directo.

—Diga.

—¿Tres? Soy *Enamoradamente enamorado* —¡buf! Por primera vez, no estaba de humor para escucharle. Quería decirle: «Hoy no estoy para poesías, perdona, tú...», pero él se me adelantó—: Pedro Salinas escribió esto, mira qué bonito: *Si te quiero,/ no es porque te lo digo:/ es porque me lo digo y me lo dicen./ El decírtelo a ti, ¡qué poco importa/ a esa pura verdad que es en su fondo/ quererte!* —cerré los ojos, un poco más feliz que medio minuto antes—. Y esto lo escribió Miguel Hernández: *Mis ojos sin tus ojos no son ojos,/ que son dos hormigueros solitarios,/ y son mis manos sin las tuyas, varios/ intratables espinos a manojos*. ¿No te gusta mucho lo de *«dos hormigueros solitarios»*?

Suspiré, seducida y aliviada. Incluso creo que sonreí.

—Sí, me gusta mucho.

Aquel día me desmarqué bastante de la historia del pintor DelaSelva, porque el caso de Manolo Due monopolizó toda mi atención. Fue el día en que me enamoré como una tonta de mi *pichichi*. Es lógico, con un comienzo tan romántico.

2

El Pillastre fue hasta Figueras, dejó el coche de Faustino Galiá en un aparcamiento municipal, volvió hasta Tos en tren y a la masía de los DelaSelva en una bicicleta que nunca se supo de dónde había salido.

Cuando Engracia y Jacinto DelaSelva le oyeron llegar, el sol ya incidía en los cristales del dormitorio y se reflejaba en los espejos y los dorados de los falsos muebles de época. La cama tenía baldaquino con cortinas transparentes, como de gasa. El lujo que se respiraba en aquella habitación, siempre cerrada con llave cuando ellos no estaban, contrastaba intensamente con el aspecto lamentable del resto de la vivienda.

En el silencio de la madrugada, casi podían oírse los latidos de los corazones del matrimonio culpable. No habían pegado ojo en toda la noche. Engracia ya se veía visitando la cárcel dos días por semana, llevando tabaco a su marido. ¿Qué iban a decir sus amigas? ¡Mira que tener un marido asesino! ¡A quién se le ocurre! El pintor estaba esperando que, de un momento a otro, su mujer le formulase la pregunta que nunca acababa de formular: «¿Se puede saber por qué lo has tenido que matar?», y no podía dormir pensando en qué respuesta le daría. «¿Qué puedo decirle? ¡Fue en defensa propia! ¡Él me hacía chantaje!» Su problema era que no se lo creía ni él. Y eso le ponía enfermo de miedo y de angustia.

En éstas, se abre la puerta y se oye una voz aguda, afilada como un estilete:

—¿Pero qué estáis haciendo aquí?

Si hubiera entrado un ejército de policías empuñando sus pistolas y gritando: «¡Manos arriba, quedan detenidos!», o un asesino loco armado con una sierra mecánica, el susto de los DelaSelva no hubiese sido mayor. Y eso que no se trataba ni de policías ni de asesinos enloquecidos. Sólo era Ana DelaSelva, su hija, la amiga de mi clienta, aquella que se hacía llamar Anapito porque de mayor quería ser chico.

El matrimonio dio un respingo y pegó un bote que lo levantó un palmo por encima de las sábanas.

—¡Ay, hija, por el amor de Dios!

—¿No te hemos dicho mil veces que llames antes de entrar?

—Vosotros me habéis abandonado en esta casa, con los abuelos, que son más aburridos que una película porno, ¡y ahora que ya estoy hecha a la idea de no ir al cole, os presentáis aquí! ¿Para qué? ¿Para llevarme al cole? O sea que, a la hora de divertirse me exiliáis en este castillo encantado, y a la hora de ir al cole venís a buscarme, ¿no?

No paraba de hablar. Y sus padres, entretanto, se revolvían en la cama, embotados por la falta de sueño, por el dolor de cabeza y por el sentimiento de culpa.

La verdad es que, como queda demostrado, Ana no sentía mucha simpatía por sus padres. No es ninguna ganga ser hija de un genio, ¿sabéis? Es como ser la hija de un loco; nunca sabes si te va a hacer carantoñas o a soltar una bofetada. En realidad, Ana pensaba a menudo que no existía para su padre. Y cuando le parecía que existía, sólo era para estorbar y para recibir alguna torta. «¡Niña, vete de aquí, que papá está *creando*!» «¡Niña, no hagas ruido, niña, no grites, niña, no le digas nada a papá!» Y ahora bofetada, y después encerrada en el cuarto de los trastos... Un día que la niña se quejaba de que la sopa estaba demasiado caliente, el señor DelaSelva la agarró de la nuca y le metió la cara en el plato. No era verdad que el señor DelaSelva la golpease sistemáticamente, como le había contado a su amiga Ana Farrás, ni que maltratase a su madre y al perro. Casi era peor. Cuando la había golpeado o castigado, siempre había sido para quitársela de en medio, siempre mirándola por encima del hombro. Cuando le había escaldado la nariz con la sopa, no había sido por maldad, sino para hacerle callar, porque con sus protestas interrumpía la conversación de los mayores. Y su madre, tres cuartos de lo mismo. En el mejor de los casos, tampoco le hacía caso. Tanto ella como su padre se podían pasar días sin dirigirle la palabra. A veces entraban en la habitación donde ella estaba y ni siquiera la miraban. Se sentía como la niña invisible. En Ana Farrás había encontrado un alma gemela. La vecina también se sentía abandonada e invisible. A menudo planeaban escaparse de casa. Si sus padres eran capaces de vivir como si ellas no estuvieran, no pasaría nada si ellas se iban y *no estaban*, ¿no? Luego, nunca se escapaban, claro, porque no sabían cómo ganarse la vida, pero era divertido imaginárselo. También resultaba interesante descubrir qué cosas molestaban profundamente a sus padres. Una vez descubiertas, podían insistir en ello hasta ponerlos muy nerviosos y exasperarlos hasta el límite. Cuando sus padres se ponían nerviosos y exasperados no podían ignorar su presencia. ¡No tenían más remedio que hacerles caso! Aunque sólo fuera para hacerlas callar, darles una torta o endosarles el primer castigo que se les ocurriera, ¡pero les hacían caso! Y las niñas se sentían un poco menos invisibles y experimentaban un placer muy especial. Por eso, aquella mañana, Anapito no callaba, no callaba, no callaba...

... Hasta que su padre saltó de la cama emitiendo un grito infrahumano, con ánimo de estrangularla o de tirarla por el balcón.

Anapito dio media vuelta y habría salido corriendo de no haber topado violentamente con el Pillastre, que llegaba en aquel momento.

Una de las cosas que más odiaba Anapito de la masía era la horrible presencia del Pillastre, el hombre que cuidaba de sus abuelos y de la masía. Le daba mucho miedo el Pillastre.

Se coló entre sus piernas y bajó hasta la era, saltando los escalones de cuatro en cuatro.

—¿Qué pasa? —dijo el señor DelaSelva, intentando recuperar la compostura.

—La policía —dijo con voz ronca el Pillastre—. Acaban de llegar los civiles.

La noticia no parecía preocuparle mucho. Seguro que no le preocupaba tanto como al señor y a la señora DelaSelva.

—¿Has enterrado...? —balbuceó el pintor.

—Todavía no. No he tenido tiempo. Está con las vacas.

Engracia temblaba tanto que, cuando se fue a levantar, se cayó de la cama.

3

El capitán Barreno estaba abajo, junto al 4 × 4 y a su fiel Salvador.

Como era de esperar, el Opel Vectra de Galiá no estaba a la vista en la masía de los DelaSelva. Habría sido un milagro dar precisamente con lo que esperaban encontrar.

Como por ejemplo, dar con la niña. Una niña de la misma edad y altura que la que buscaban. Para el capitán, todas las niñas eran iguales. No dudó ni un momento de que se trataba de Ana Farrás, porque estaba deseando encontrarse con Ana Farrás.

La atrapó al vuelo.

Anapito dio un grito y pataleó para escaparse. Después de una noche sin dormir, el capitán Melquíades Barreno ofrecía una imagen casi más salvaje y ominosa que la del mismo Pillastre.

—¡Espera un momento, niña! ¿Te llamas Ana?, ¿tú eres Ana?

—¡Sí, sí, soy Ana!

—¿Te han secuestrado?

Los ojos de Ana se iluminaron y su forcejeo disminuyó de intensidad.

—¿Qué?

—Que si te han secuestrado. Que si estás aquí porque quieres o porque te han obligado a venir.

Si acusaba a sus padres de secuestro, sí que se pondrían nerviosos, sí que se exasperarían. Sería muy difícil que la ignorasen si les acusaba de secuestro.

—Sí, señor. Estoy aquí porque me han traído a la fuerza —y no mentía.

En aquel momento salía de la masía el señor DelaSelva, mal afeitado y descamisado, envejecido y ojeroso, que caminaba arrastrando los pies. Bien pensado, todos tenían mala cara, después de una noche tan espantosa.

—¿Señor DelaSelva? —dijo el capitán—. Esta niña dice que está aquí contra su voluntad.

—¿Para eso me despierta a estas horas? —replicó DelaSelva.

—Sobre todo por eso, aunque podríamos hablar de otras cosas. Del señor Faustino Galiá, por ejemplo.

—¿De quién?

Probablemente Sherlock Holmes hubiese percibido un parpadeo reprimido, un tic, una mueca delatora del culpable. Pero el capitán Barreno llevaba demasiadas horas sin dormir, tenía los ojos irritados y legañosos y no supo apreciar nada. DelaSelva, impertérrito:

—¿Quién?

Con el corazón disparado en una taquicardia letal, pero impasible.

—¿No conoce usted a Faustino Galiá?

—No.

—¿Y no sabe nada de la falsificación de unos cuadros?...

—¿Qué?

El capitán no tenía pruebas, de modo que no podía insistir en el tema.

—Usted, la noche pasada, conducía el coche del señor Galiá.

—¿De dónde ha sacado eso? —la réplica de DelaSelva era casi una acusación.

—Me lo han dicho —farfulló el capitán, sin convicción. Él mismo no estaba seguro de la solvencia de sus fuentes.

—¿Quién se lo ha dicho?

—¡Dejémoslo! ¿Esta niña es suya o no?

Durante el diálogo anterior, el señor DelaSelva había estado considerando la situación. El guardia civil había dicho que *sobre todo* estaba allí por Ana. No lo había entendido muy bien, pero cualquier cosa que sirviera para desviar su atención de Galiá y de las falsificaciones le parecía espléndido. Sin embargo, si decía que la niña era suya se acabaría la discusión y corría el peligro de que volvieran a surgir los temas tabú. De manera que dijo:

—¿Y a usted qué le importa?

Anapito pensó: «¿Será capaz de negar que soy hija suya?». Y decidió: «¡Si él no quiere ser mi padre, yo tampoco quiero ser su hija!».

—¡Me importa porque, si no lo es, los padres de esta niña la están buscando desde ayer por la noche!

—¡No soy su hija! —gritó Ana.

Y el pintor, encantado.

—¿Le importaría acompañarme al cuartelillo de Tos, señor DelaSelva? Allí escucharé sus explicaciones.

—¡Con mucho gusto le acompañaré a donde usted quiera!

—¡Pues vamos!

—¡Pues vamos!

Engracia, que lo observaba todo desde el balcón, no entendía nada. ¿Jacinto aceptaba de buen grado acompañar al guardia civil al cuartelillo? ¿Y se lo llevaban a él y a la niña?

El capitán pensaba que en el cuartelillo quizá tendría la oportunidad de seguir hablando de Galiá y de las falsificaciones. DelaSelva pensaba que cuanto más lejos estuviera la policía de la masía más lejos estaría del cadáver de Galiá y mejor irían las cosas. Había que darle tiempo al Pillastre para que hiciera desaparecer el cuerpo. Ana, con la perspectiva de ir al cuartelillo de la guardia civil y de ver a su padre bajo los focos de la sala de interrogatorios, se las prometía muy felices. De modo que, muy contentos todos, se fueron a Tos en el 4 × 4.

El Pillastre corrió hacia el establo de las vacas para recoger los restos mortales de Galiá con la intención de darles sepultura sin epitafio.

4

Sólo faltaba que descarrilara el tren de Girona a Figueras.

Aún no se sabía si había víctimas ni qué destrozos se habían producido y ya había llegado desde la Central una orden de movilización general. Al capitán Barreno sólo le faltaba eso.

Estaba cansado, muy cansado. Tantos años de paz y orden le habían acostumbrado a dormir ocho horas largas cada día, a reposar la comida y a digerir tranquilamente la cena frente al televisor. La noche anterior se había sentido ilusionado al descubrir que, por fin, había llegado la hora de la acción y se había lanzado a la aventura con todo el entusiasmo acumulado durante largos años. Después de más de doce horas sin comer y sin dormir, congestionado y abrumado por todas las frustraciones que se le habían ido echando encima, empezaba a pensar que ya no necesitaba más emociones fuertes. Devolvería a Ana a sus padres, interrogaría hábilmente al señor DelaSelva y se iría a dormir a casa. Tanto el asunto de Manolo Due como el de las falsificaciones empezaban a parecerle demasiado sutiles para sus condiciones de aprendiz.

Y cuando ya había llegado a esta conclusión, resultaba que había descarrilado un tren y que desde la Central le ordenaban la movilización de todo su personal.

—Tenemos mucho trabajo... —objetó tímidamente a su superior.

—¿Trabajo? ¡En Tos no habéis tenido trabajo nunca! —y era verdad.

Todo el personal cuadrado frente a él, dispuesto a cualquier heroicidad; DelaSelva esperando a ver qué; la niña mirándole sonriente con ganas de gresca; cuando, providencialmente, el señor Farrás entra en el cuartelillo.

—Ah, capitán Barreno... Quería hablar con usted...

—Yo también quería hablar con usted. ¡Tenga! ¡Aquí tiene a su Ana!

El señor Farrás no miró a la niña como los padres desesperados miran a las hijas perdidas y recuperadas. Sólo le dirigió una sonrisa tímida y un gesto con la mano.

—Ah, hola, Ana, guapa... —pretendía continuar la conversación, como si nada—. Quería hablar con usted, capitán, porque...

—¿Cómo que «quería hablar con usted, capitán, porque...»? ¿Éste es el caso que le hace a su hija? ¡Si éste es el caso que le hace, no me extraña que se le escape cada dos por tres!

El señor Farrás se picó. Últimamente estaba muy susceptible en lo concerniente a aquel tema.

—¡Éste no es el caso que le hago a mi hija! ¡Éste es el caso que hago a las vecinas! ¡A mi hija la trato como a una reina!

El capitán Barreno meneó la cabeza y enseñó los dientes.

—¡Pues aquí tiene a Ana! ¡A ver cómo la cuida!

—¡Ésta no es Ana!

—¡Sí soy Ana! —protestaba Ana, de lo más animada.

—¡Sí es Ana!

—¡No es Ana!

—¡Sí que soy Ana!

El señor DelaSelva intervino, quizás alarmado ante la posibilidad de que el guardia civil, llevado por un arrebato bestial, asesinase al señor Farrás.

—Por si les interesa saberlo, esta niña es mi hija.

—¿Cómo que es su hija? ¡Si dice que es Ana!

—Claro —intervino Anapito—. Soy Ana DelaSelva.

—No es Ana Farrás —intervino el señor Farrás.

—¿Que no es Ana Farrás?

—No, no lo es.

—¿Me está diciendo que no es Ana Farrás? —el capitán Barreno se estaba poniendo nervioso y acusaba al señor DelaSelva—: ¡Pero si usted ha admitido que la tenía retenida contra su voluntad!

—Y es verdad. A ella no le hace ninguna gracia estar en la masía con sus abuelos. Se aburre mucho con ellos.

—Y entonces, ¿dónde está Ana Farrás? —se desgañitaba el capitán.

—En casa —dijo tímidamente el señor Farrás.

—¿Qué?

—En casa.

—¿Dónde ha dicho?

—En casa.

El capitán Melquíades Barreno abrió la boca como la abren los hipopótamos cuando bostezan, como la abren los vampiros cuando tienen sed, como la abrían los tiranosaurios cuando tenían hambre. Se disponía a lanzar alguna retahíla del estilo de: «¿Me-está-diciendo-que-mientras-yo-me-rompía-los-cuernos-haciendo-el-ridículo-buscando-a-su-hija-la-auténtica-Ana-estaba-tan-tranquila-en-casa?»; pero, afortunadamente, uno de los agentes presentes y cuadrados le recordó:

—... El accidente de tren, capitán...

Y la retahíla se convirtió en un breve aullido apocalíptico:

—¡Fuera de aquí todos ahora mismo!

Anapito se reía al verle tan enfadado.

Jacinto DelaSelva preguntó, prudentemente:

—¿Yo también?

—¡Usted también! ¡Todo el mundo fuera de aquí!

5

El miércoles 3 de marzo, el vestíbulo de la agencia estaba lleno de cajas de cartón. Una centralita telefónica nueva, un ordenador nuevo, muebles para sustituir a los que nos habían destrozado el día anterior. Había que avanzar levantando los pies, como en una carrera de obstáculos.

—¿Cómo te encuentras, Titi?

El Titi tenía un chichón en la frente, la nariz como una patata y un esparadrapo en la mejilla. Me quería decir que: «Pse, voy tirando», cuando se fijó en el ojo amoratado que yo me había ganado el día anterior, mientras me enamoraba de Manolo Due.

—Y a ti, ¿qué te ha pasado?

—Uy, es un poco largo de contar.

—Y de mí, ¿qué? —dijo Irene, levantando la nariz como si olfatease algún efluvio desagradable en el ambiente—. ¿Es que nadie se va a preocupar de mí? ¡Aquel hombre me zarandeó y me sacudió!

—Pues se te ve estupenda, Irene. Mejor que nunca.

Se quedó desconcertada. No sabía si mi comentario era un halago o un dardo envenenado.

—Te están esperando —advirtió el Titi.

—¿Quién?

La respuesta era innecesaria porque, mientras hacía la pregunta, yo ya estaba accionando la manilla de la puerta.

La asistenta estaba arreglando mi despacho. Había amontonado los restos de la vitrina y los cristales de los cuadros en un rincón, los libros supervivientes estaban sobre la mesa, y en la biblioteca estaba colocando con todo cuidado los trofeos y las fotografías de mi padre. Nunca me había fijado mucho en aquella señora rellenita que, de vez en cuando, pasaba el plumero por el teléfono pero, de pronto, la aprecié. Había adivinado que yo valoraba más aquellos recuerdos tan palpables que los libros. Ya tendríamos tiempo de colocar los libros en cualquier estante.

Y sentada encima de la mesa con los pies colgando, tan feliz, me estaba esperando Ana Farrás. Qué mona.

—Ah, hola, Ana —dije—. Ya tengo las fotos —y de repente, sobresaltada, con voz aguda—: ¿Saben tus padres que estás aquí?

—No...

—¡Pues fuera de aquí! O vienes con tus padres o no vengas. ¡No quiero más complicaciones!

—Es que en el coche había un muerto —dijo, para empezar.

—¿Qué?

La asistenta y yo nos quedamos paralizadas.

—Que en el maletero del coche donde me metí ayer, había un muerto.

—¿Un muerto? ¿Quieres decir un cadáver? ¿Una persona muerta?

—Un señor. Un señor muerto de verdad, que yo lo vi.

Yo negaba una y otra vez con la cabeza.

Y la niña asentía, y asentía.

La señora rellenita nos miraba atentamente, a ver quién ganaba.

—Había un muerto.

—¿Me lo prometes?

Ganó Ana. Podría no haberla creído. La niña no era muy normal, tan pronto decía una cosa como otra, siempre se salía por los cerros de Úbeda, hacía cosas raras. Pero una cadena de deducciones consiguió que la creyera.

—Galiá —murmuré—. El coche que conducían era de alguien llamado Faustino Galiá. ¿Quién lo había llevado hasta allí? El mismo Galiá, claro. ¿Y por qué estaban tan nerviosos los DelaSelva? ¿Por qué salieron de casa dejando la cancela abierta? ¿Por qué decía Engracia DelaSelva que no podía conducir «en aquel estado»? ¡Porque acababan de cargarse al pobre Galiá y querían hacer desaparecer tanto el coche como el cuerpo!

—aquello era muy serio. Muy serio y muy excitante—. ¡Es verdad!

—Ya te dije que era capaz de cualquier cosa. ¿No se ve claro en las fotos?

—No —suspiré desanimada.

Saqué de mi bolso el sobre del laboratorio de revelado. Las fotos no reflejaban en absoluto la violencia que yo había presenciado a través del ventanal. Ni una bofetada, ni una patada, ni un simple arañazo, ni un escupitajo de nada. Más parecían los protagonistas de una película musical cantando un dueto amoroso. Y, además, estaban desenfocadas.

—Vaya mierda de fotos —criticó Ana, muy sincera.

Preferí desviar la conversación hacia temas más interesantes:

—O sea, que había un muerto.

—¿Y por qué lo habrá matado? —preguntó Ana con un hilo de voz.

El capitán Barreno me había dicho: «¿Seguro que no sabes nada acerca de unas falsificaciones de cuadros?» ¡Aquél debía de ser el móvil!

—Por algo relacionado con falsificaciones de cuadros. El señor DelaSelva se dedica a falsificar cuadros.

—¿Qué quiere decir falsificar? —pregunta inocente que así, de entrada, parece fácil de contestar.

—Quiere decir que el señor DelaSelva pinta cuadros y los firma como si los hubiese pintado otro pintor muy famoso. Y luego los vende.

—¿Y eso está mal?

—Claro —afirmé. Era evidente, ¿no?

—Ah, ya lo entiendo —dijo la niña, que no lo entendía—. Los firma con el nombre de otro, los pinta mal, y así perjudica al otro.

—No, no. Los pinta muy bien, muy bien. Y así los vende por muchos millones.

—Pues si están muy bien pintados, está bien que los venda por muchos millones, ¿no?

—¡No, porque firma con el nombre de otro! Si los firmase con su nombre, no le pagarían tanto dinero.

—Entonces está bien que los firme con el nombre de otro. ¡Si le pagan más dinero!...

—¡Pero es porque hace creer que son de otro, y no dice que son suyos!

—¡Pero eso no tiene nada que ver! ¡Si están bien pintados!... ¡Si son bonitos!...

Tuve que adoptar la actitud más odiosa del adulto más odioso. Aquella de: «calla, niña» que siempre esconde un «yo tampoco lo entiendo ni te lo sé explicar».

—¡Pues no se puede hacer! —corté la discusión—. ¡Está prohibido vender cuadros que uno ha pintado y hacer creer que los ha pintado otro! ¡Además, no estábamos hablando de falsificaciones, sino de un asesinato! ¡Sea como sea, ya sabemos que el señor DelaSelva ha matado a un pobre hombre llamado Faustino Galiá! ¡Y nos estábamos preguntando qué podíamos hacer!

—¿Y qué podemos hacer?

Ana no tenía respuesta. Me miraba fijamente, con aquellos ojos ingenuos, convencida de que la solución saldría de mí.

Y yo no tenía respuesta ni solución. Yo ya no podía más (y si leéis lo del *Tres Pi Erre que erre,* comprenderéis por qué) y ya me habían demostrado, con un puñetazo en el ojo, que no era invencible.

—¡No podemos hacer nada! ¿Qué quieres que hagamos, tú y yo, en un caso de asesinato? —era verdad: yo no podía hacer nada. Para enfrentarme a ello, necesitaba la ayuda de Rodri Zamorano. Tratando de recuperar la calma, dije—: No te preocupes, no voy a dejarlo correr. Haremos justicia. Le pediré ayuda a mi socio. Él sabrá lo que hay que hacer. Ahora, vete a casa con tus padres... Y trátalos bien. Aunque te parezca que no te hacen caso, piensa que te quieren mucho. La otra noche les hiciste sufrir mucho, y no se lo merecen.

—¡Anda ya, tía, qué carca! —exclamó ella, mientras saltaba de la mesa al suelo—. ¿Qué te ha pasado? ¡Se te han echado los años encima!

—Tú hazme caso. Y deja este asunto en mis manos.

En cuanto se fue Ana, corrí a ver a mi socio.

Fue entonces cuando conocí a aquella especie de diosa que era Silvia Foscor.

Y la señora rellenita, que seguía limpiando, dio por acabada la emocionante escena con un suspiro mientras iba poniendo orden en las estanterías.

6

Rodri estaba sentado tras el escritorio, frente a mí. En realidad, estaba hablando con una clienta sentada en el sillón del tresillo, pero como la puerta abierta me ocultaba tresillo y clienta, inflamada como iba yo, solté mi historia sin esperar su asentimiento.

—¡Rodri, perdona que te moleste, pero es que ha habido un asesinato! —la afirmación era tan contundente como para dejar mudos tanto a Rodri como a la clienta invisible. Y tuve la oportunidad de continuar—: ¡Un pintor que se llama Jacinto DelaSelva ha matado a un hombre que se llama Galiá y, probablemente, esta noche pasada ha hecho desaparecer el cuerpo y el coche! —¡ah!, y el capitán Barreno me había preguntado algo acerca de unas falsificaciones—. ¡Es algo relacionado con falsificaciones, que está investigando la guardia civil del pueblo!...

Cuando llegué a este punto, Rodri recuperó la voz:

—¡Tres, por favor! Estoy con una clienta...

E insinuó un gesto en dirección al tresillo.

Miré detrás de la puerta y allí estaba Silvia Foscor. Una mujer guapísima y muy elegante, de esas que producen escalofríos incluso a las mujeres (aunque sólo sea de envidia). Chaqueta con escote en V, muy pronunciado; falda muy ajustada en las caderas, y zapatos con tacón de aguja. Una mujer fatal, de anuncio de Martini, de película sexy, de revista de modas, de pasarela. Hasta fumaba, con una ceja algo más alta que la otra. Y sonreía benévola ante mi interrupción.

—No importa, no importa. Continúa —dijo—. Es más interesante eso que lo que yo estaba diciendo.

—No continúes —me cortó Rodri—. Si estás segura de lo que dices, no quiero saber nada. No soy detective de película, ¿sabes?

Yo no investigo asesinatos: eso le corresponde a la policía. Vete al cuartelillo y se lo cuentas, ¿de acuerdo?

¿La policía? ¿El capitán Barreno? Yo quería oponerme, pero Rodri seguía implacable:

—Y ahora, déjanos, por favor. Y acostúmbrate a llamar antes de abrir la puerta.

Salí, cerré la puerta y volví a mi despacho algo enfadada.

Pensaba: «¿Por qué me tengo que preocupar yo por este asesinato si nadie más se preocupa?». Ni hablar de ir a ver al capitán Barreno: si volvía a toparse conmigo, la que no saldría viva sería yo.

Me puse a estudiar, como hacía cada día antes de que empezasen a pasar cosas. ¿Pero a quién le interesan las matemáticas cuando a su alrededor están sucediendo cosas tan excitantes?

Para calmarme, necesitaba la llamada de mi *Enamoradamente enamorado*. De modo que suena el teléfono, y yo lo descuelgo y contesto: «Diga», y la voz distorsionada por un sistema mecánico, voz de robot, me acaricia los oídos:

—¿Tres? Hoy voy a leerte un poema de Gabriel Ferrater, que se llama «Ídolos». ¡Ejem! *Entonces, cuando yacíamos/ abrazados frente a la ventana/ abierta a la pendiente de olivos (dos/ simientes desnudas en un fruto que el verano/ ha olvidado violento, y que se llena/ de aire) no teníamos recuerdos. Éramos/ el recuerdo que tenemos ahora. Éramos/ esta imagen. Los ídolos de nosotros mismos,/ para la sumisa fe de después.* ¿Te ha gustado?

—Mucho —le dije. ¡Ay, cómo lo necesitaba! Lo que más me había gustado era aquello de que entonces «éramos el recuerdo que ahora tenemos».

—Pues tengo más. ¿Quieres que los leamos juntos?

De piedra. Me quedé de piedra. ¿Leer versos juntos? ¿Por fin iba a conocer a *Enamoradamente enamorado*? Por un lado, me hacía ilusión verle la cara. Por otro, sin embargo, aquello acabaría definitivamente con el misterio. ¿Qué pasaría cuando conociese al misterioso *Enamoradamente enamorado*? ¿Ya no me volvería a leer versos nunca más? ¿Pasaría como se dice que ocurre con las parejas que cuando se casan termina para siempre la magia del noviazgo?

—Si quieres, podríamos vernos esta noche... —insistía él.

El corazón me latía tan fuerte, tan deprisa como la noche anterior, cuando huía del 4 × 4 del capitán Barreno.

—Pues... No sé...

—Venga, mujer... Que después de tanto tiempo de ocultarme tengo ganas de recitarte los versos al oído...

—Está bien —cedí. Pero reaccioné a tiempo—: ¡No! ¡Esta noche no puede ser porque voy al fútbol!

—¿Al fútbol? ¿Tú? ¿Pero a ti te gusta el fútbol?

O sea, que el rapsoda enmascarado sabía (o suponía) que no me gustaba el fútbol. O sea, que me conocía (brillante deducción).

—¡Es que hoy juegan el Barça y el NTU de Grösvik!

—Ah... —dijo mi *Enamoradamente enamorado,* con la expresión de quien no sabe ni quién es el NTU ni quién es el Barça—. Bueno... Entonces, nos podemos ver mañana, ¿no?

—Mañana, de acuerdo. ¿Dónde nos encontramos?

—¿En la Pizzería de las Codornices, en Alta Villa?

—De acuerdo... —no muy segura.

—¿A las nueve y media?

—¿Tan tarde? ¡No! —que la noche es traidora y peligrosa—. No, no, antes. A media tarde.

—¿A las ocho?

—¿Las ocho es media tarde? ¡A las seis!

—A las seis aún no estará abierta la pizzería. A las siete.

—De acuerdo. A las siete.

—Entonces, hasta mañana a las siete...

Mientras colgaba el teléfono me dije que nunca asistiría a la cita. Estaría loca si lo hiciera. Sería como romper el espejo mágico de la madrastra de Blancanieves. Yo no quería enamorarme de nadie más. Ya estaba harta de enamoramientos. ¿Qué pasaría con Toni, ahora que estaba loca por Manolo Due y que estaba a punto de volverme loca por *Enamoradamente enamorado*?

Se abre la puerta y entra aquella mujer tan guapa, tan elegante y tan fatal.

—¿Puedo hablar contigo un momento? —preguntó.

7

Me hizo saber que se llamaba Silvia Foscor y que había venido a contratar los servicios de Rodri Zamorano por una cuestión que «no venía al caso». Pero resultaba que le había llamado mucho la atención lo que yo había dicho de un muerto relacionado con Jacinto DelaSelva.

—¿Qué piensas hacer? —me preguntó.

—No lo sé. Supongo que nada. Rodri no me hace caso, el capitán de la guardia civil está ocupado con lo del descarrilamiento... Y yo tampoco tengo pruebas...

—¡Pues vamos a buscarlas! —la miré incrédula. Pero hablaba en serio—. ¡Vamos, tengo coche! ¡Yo te acompaño! ¿Dónde podríamos encontrar las pruebas de este crimen? ¿No te gustaría encontrarlas?

—¡Claro que me gustaría!

—Pues, ¿a qué esperas?

¿Quién era aquella mujer? ¿No tenía otra cosa que hacer que salir a perseguir asesinos? Bueno, ya lo averiguaría por el camino. ¡Encantada de conocerla, Silvia Foscor!

Marqué el número de teléfono de los señores Farrás. Se puso la doncella y le pregunté por Ana. ¿Estaba en casa? ¡Fantástico! Se había ido allí directamente, al salir de mi despacho. Buena chica.

—¿Ana? ¿Adónde te parece que iban los señores DelaSelva ayer por la noche? ¿Sabes si tienen... no sé, otra casa, una finca, una casa de campo, una segunda residencia...?

—Sí. Tienen la masía. Lo que ellos llaman la masía. Es donde viven los abuelos de Anapito.

—¿Dónde está esa masía?

—No lo sé —la respiración de Ana era fatigosa. ¡Cómo le gustaría poder ayudarme! Podía sentir los engranajes de su cerebro esforzándose al máximo—. Hay un río. Cuando Anapito va a la masía, su abuelo la lleva a pescar al río —yo recordaba en aquel momento que el señor DelaSelva había dicho: «¡No te estrellarás! ¡Sólo son quince kilómetros!». Y la autopista bordeaba el río.

¿Quince kilómetros de autopista? Pero ¿en qué dirección? ¿Río arriba o río abajo?—. ¿No recuerdas nada más?

—No...

—Si era río arriba o río abajo...

—Yo salté del coche a la entrada de la autopista. ¡Aquélla en la que hay un anuncio de Coca-cola!

En la autopista no puede haber anuncios. Un anuncio de Coca-cola, por lo tanto, me sugería una máquina de Coca-colas, una gasolinera. La gasolinera estaba situada junto al acceso que conducía hacia el norte.

—¡Vamos! ¡Creo que sabré encontrarlo!

Cuando cruzamos la sala de espera, el Titi midió a Silvia de arriba abajo, como si le quisiese hacer un traje a medida. Irene nos despidió con una caída de ojos como diciendo: «¿Adónde irán juntas estas dos?».

En la calle nos esperaba un cochazo que iba de acuerdo con el estilo de su propietaria. Un Volvo, creo, brillante y sólido como un carro de combate. Ella se puso al volante y yo a su lado.

—Hacia el acceso norte de la autopista. Debemos calcular unos quince kilómetros. Y buscar una casa de campo. La masía de los DelaSelva.

Ni ella ni yo sabíamos si los datos serían suficientes pero, por lo visto, aquella mujer no tenía otra cosa que hacer durante la mañana.

Fuimos a buscar el acceso de la autopista que se dirigía hacia el norte.

—¿Puedo preguntarte para qué querías contratar los servicios de la agencia? Puedes decírmelo con toda confianza. Soy socia de Rodri Zamorano. Me llamo Pi, ¿sabes?, Teresa Pi, pero me llaman Tres Catorce...

—¿Tres Catorce? —le hizo gracia.

—Soy la Pi de «Pi y Zamorano». Yo figuro incluso antes que Rodri.

—¿Lo dices de verdad? —se reía.

—O sea, que me lo puedes contar. ¿Qué querías de Rodri?

—Nada. Estoy buscando a una amiga, una vecina del pueblo que se llama Felisa Olván. ¿Te suena?

No me sonaba.

Allí estaba el peaje, allí estaba la máquina de Coca-colas, muy luminosa. Íbamos bien.

—¿Qué te parece que podemos hacer? ¿Quince kilómetros por autopista?

—Tomaremos la primera salida que haya antes de llegar a los quince kilómetros. Si eso está cerca del río, no puede estar muy lejos de la autopista que bordea el río.

—¿Y cómo es que puedes acompañarme en todo esto? ¿No trabajas?

—Trabajo de vez en cuando. Soy modelo.

—¿*Top model*? ¿Lo que se dice *top model*? ¿Como Naomi Campbell o Cindy Crawford o Judit Mascó?

—Sí. Bueno... —modesta ella, como diciendo: «No tan buena ni tan importante como ellas»—. Hago pasarela, y publicidad...

—¿Haces anuncios? —en aquel momento me di cuenta—. ¡Claro! Eres la chica del: «¡Tongo sod!» —¿recordáis el anuncio? La chica en bikini, empapada y con arena pegada a la piel, que decía: «Tengo sed», así, con voz de mujer fatal, que parecía que estuviese diciendo «Tongo sod», que si yo le llego a decir alguna vez a mi padre «Tongo sod» con una mirada como aquélla, con aquellos morros y aquella voz, me encierra en un internado—. ¡«Tongo sod», claaaaro! —en el instituto, todos bromeábamos a costa de aquel «Tongo sod», «¿Tones sod?», «¡Tongo sod!», ¡uau!—. ¿Y te interesan mucho los asesinos y los asesinatos?

—A todos nos interesan, ¿no? ¡Todas la películas y novelas que merecen un poco la pena tienen un asesino y un asesinato.

Íbamos bien. La próxima salida estaba a once kilómetros. No iba a ser muy difícil encontrar una masía que no podía estar a más de tres o cuatro kilómetros.

—¿... Y dices que el asesino, en este caso, es el pintor Jacinto DelaSelva?

—¿Lo conoces?

—De nombre. Es posible que le haya visto alguna vez... ¿A quién habría matado?

—A un tal Galiá. Me parece que los dos están enredados en un asunto de falsificaciones...

En aquel momento me mordí los labios y creo que me sonrojé. Maldije mis huesos. ¡Bocazas! ¡Se lo estaba contando todo a alguien a quien no conocía de nada! ¿Y si era amiga íntima de Jacinto DelaSelva y ahora me estaba tendiendo una trampa? Mi corazón se volvió a disparar. Me costaba respirar. Miraba a Silvia Foscor de reojo y calibraba su sonrisa. Eludí la conversación concentrándome en la búsqueda de la masía de los DelaSelva: «Espera, ¿no tendríamos que ir por ahí? Acércate a esa casa y preguntaremos...».

Nos acercábamos a una mansión que alguien había querido embellecer, tiempo atrás, contra la voluntad de sus ocupantes, que ocultaban tanta modernidad y buen gusto con ropa tendida y un gallinero desvencijado. Un camino formado por roderas de coche conducía hasta la parte derecha de la casa, pasando por encima de lo que tendría que haber sido una hermosa extensión de césped. Allí, una parte de la casa estaba completamente en ruinas. Y, más allá, un cobertizo que no hubiese desentonado en la peor favela de Río de Janeiro. Un cuarterón colgaba de una bisagra, como un pájaro herido. Y había una furgoneta sin ruedas ni puertas, convertida en chatarra. Olía a granja pobre.

—No, aquí no puede ser —dije.

No me imaginaba a DelaSelva viviendo allí.

Una señora muy viejecita, de aspecto desvalido y frágil, estaba delante de la puerta del cobertizo, que se abría a la más densa oscuridad. Estaba hablando con alguien que se encontraba dentro.

—¡Señora! —dijo Silvia Foscor, sin bajarse del coche—. ¿Es ésta la masía de los DelaSelva?

La señora dijo:

—Sí, señora... —acercándose—. Pero Jacinto y Engracia no están aquí, ahora...

Entonces salió el ogro de su guarida. Aquel hombre grandón, gigantesco, patizambo, desproporcionado, con unas manazas como guantes de béisbol y una cara torcida por una mueca desagradable. Cualquier persona en busca de un loco peligroso, en aquel momento pensaría que ya lo había encontrado.

Era el Pillastre. Miró hacia el coche, de lejos, frunciendo el ceño, molesto por el sol.

—¿Qué quieren? —nos preguntó, con una especie de ronquido.

—¡Nada, nada! —gritó Silvia Foscor, asustada.

Dio marcha atrás, haciendo retroceder el coche a toda velocidad, ruidosamente, hasta que encontró un lugar donde dar la vuelta. Lo hizo con una maestría y una brusquedad escalofriantes y huimos de la masía a una velocidad excesiva teniendo en cuenta el mal estado del camino que recorríamos.

—Pero ¿qué haces? —la reñí.

—¿Qué pensabas hacer? ¿Decirle a aquel orangután que queríamos comprobar si su amo era un asesino?

—¿Qué te pasa? ¿Te ha asustado aquel hombre?

—Pues sí, Tres; sí, señora, ¡mira por dónde, me ha asustado! ¿Te extraña? ¡Nunca había visto un hombre tan feo! ¡Me ha parecido peligrosísimo! ¿Qué le hubieras preguntado?

Yo no sabía lo que le hubiera preguntado, lo que sí sabía era que aquella reacción me parecía muy sospechosa. Aquella mujer no me gustaba nada. Me parecía más falsa que un duro de chocolate.

Pero ya estábamos en la autopista, de vuelta, y ella continuaba justificando su actitud, diciéndome que, puesto que ya sabía donde estaba la masía de los DelaSelva, ahora podría actuar en consecuencia, y que lo que ella me aconsejaba era que fuese a ver al capitán de la guardia civil... Mientras, yo me prometía que nunca más confiaría en la primera persona que se me pusiera delante. Me recriminaba haber sido tan cándida: «¿Y tú quieres ser detective?», me decía. «¡No! ¡Yo quiero ser escritora! ¡Lo de detective sólo lo utilizo para encontrar temas para mis libros!». Y en ésas, salimos de la autopista y corrimos por las calles de Tos, hasta llegar junto al edificio de la agencia.

—Muy bien, Tres. Siento haberte decepcionado...

Me estaba echando. Bajé del coche de mala gana y dije:

—Adiós. Espero que nos volvamos a ver.

¡Que si nos volveríamos a ver! Lo que viví yo con aquella mujer llenará todo un libro titulado: *El tercero de Tres*.

El Volvo arrancó con un chirrido de frenos y neumáticos y se alejó de mí como huyendo de mi influencia.

En aquel momento tuve la seguridad de que Silvia Foscor se había librado de mí con la intención de volver ella sola a la masía de los DelaSelva.

Y como yo también tenía la intención de volver allí, decidí que cuanto antes lo hiciese, mejor.

Claro que mi *mountain-bike* nunca correría tanto como aquel Volvo.

CAPÍTULO SEXTO

Destrucción de pruebas

1

Mantener una discusión con Rodri Zamorano (ya os lo contaré en otro libro), ir a buscar la bici a casa («¡Adiós, abuela! ¡Hoy no vendré a comer!») y la imposibilidad de ir por la autopista, me hicieron perder tanto tiempo que, en un principio, mientras pedaleaba, pensé que ya no valía la pena volver a la masía de los DelaSelva. No sé por qué razón había asociado aquella masía con Silvia Foscor y me daba la sensación de que no tenía sentido ir allí sin la modelo. Por suerte, mientras recorría el camino hasta la segunda residencia de los DelaSelva, tuve tiempo suficiente para volver a la realidad y darme cuenta de que si había alguien que me podía estorbar cuando visitase la masía ésa era, precisamente, Silvia Foscor.

Pero he aquí que, después de dejar la bicicleta apoyada en un pino, a una prudente distancia de aquella casa siniestra, cuando me acercaba con mil precauciones al territorio enemigo, ¿qué veo?

El Volvo brillante y sólido de Silvia Foscor.

Me aposté agazapada detrás de la furgoneta herrumbrosa. La intuición me llevaba hacia la miserable vivienda del rentero, porque había sido la presencia del Pillastre lo que había ahuyentado a Silvia de allí. Agachada, con el corazón en la garganta, me acerqué a la casa y permanecí escondida bajo una ventana. Oí una voz ronca y vibrante, muy tosca y viril.

—¿Quiere verlo? Si quiere, se lo enseño, ¿eh? —con mucho énfasis—: ¡Se lo enseño! ¡Yo se lo enseño!

Y una voz de mujer, educada y armoniosa.

—Que no, de verdad, no es necesario...

Era ella. Me incorporé con mucho cuidado y eché una ojeada hacia el interior de la vivienda. Sí, era ella. Silvia Foscor, sentada al lado del Pillastre, charlando los dos muy animados, absortos en la contemplación de algo que había encima de la mesa.

Silvia, tan disonante su elegancia en aquel entorno miserable, le decía:

—¡No, no! ¡No hace falta, ya le creo!

—Queda claro que es Galiá, ¿no? —el Pillastre se empeñaba en enseñarle algo que tenía en la mano. ¿Qué era?—. ¡Mire, aquí lo dice! ¡Faustino Galiá!

¡Estaba enseñándole un carnet de identidad y le decía que pertenecía a Faustino Galiá, la víctima de DelaSelva! Yo no podía entender entonces la relación que había entre aquel ogro y la guapísima mujer (no pude atar cabos hasta más adelante: ya os lo contaré en *El Tercero de Tres*), ¡pero lo que sí entendía era que aquella documentación implicaba a aquel hombre en la muerte de Galiá!

Me entró una impaciencia descontrolada. Tenía que entrar en aquella barraca y arrebatar aquellas pruebas del crimen de las manos del ogro. Miraba a un lado y a otro con urgencia, buscando una solución, hasta que un mugido discreto atrajo mi atención hacia el establo de las vacas.

Corrí hacia allí. Abrí la puerta y me encontré con cuatro vacas aburridas que me miraron con expresión convencida de que ya nada les podía interesar. Soy una chica urbana, no muy avezada en el trato con el ganado, pero aquel día me comporté como una auténtica campesina. ¡Es que, providencialmente, tenía a mi alcance las pruebas del asesinato de un hombre! ¡No podía echarlo a perder! ¿Sabéis cómo es de grande una vaca? Son inmensas, ¿verdad? ¡Y con aquellos cuernos! Y yo, con un bastón que encontré allí mismo: «¡Eh, bicho! ¡Pasa para allá, bicho!», sin gritar para que no me oyesen desde la casa. Abrí las puertas, aparté obstáculos y, cegada por un coraje suicida, conduje al ganado hacia la casa del rentero.

Las vacas eran buena gente, tranquilas y dóciles, cabeceando y rumiando como el que masca chicle para no fumar. Una se enredó con la ropa tendida. Otra hizo cacarear a las gallinas.

Quizá fue al oír el cacareo que el Pillastre levantó la vista de la mesa. De pronto soltó una blasfemia de las que hacen temblar los campanarios. Había visto una vaca suelta. Se levantó de la silla, se acercó a la ventana y vio dos, y tres... ¡todas la vacas sueltas!

A mí no me vio porque me lancé de cabeza detrás de la furgoneta de chatarra.

Salió a todo correr de la casa.

—Pero ¿qué ha pasado aquí?

Y Silvia Foscor, tan elegante y tan sofisticada entre tanta inmundicia, también salió.

—¿Qué ha pasado?

—¡Que se han escapado las vacas!

Entonces, agachada como un indio sioux, doy un rodeo y corro invisible hasta la puerta de la casa. Entro. Choco con un olor denso, consistente como un muro, me dan náuseas, pero no hago caso. ¡Llego a la mesa! Había un billetero, curvado de tanto ir en el bolsillo trasero del pantalón, y papeles esparcidos. Tarjetas, una mini-agenda, un DNI. *Faustino Galiá Lozano, exped. 22-5-1996 val. 21-05-2006.* ¡Madre mía, aquello era un tesoro! Cojo el carnet de un manotazo, me doy la vuelta, me dirijo hacia la puerta...

... Y me encuentro cara a cara con Silvia Foscor (claro, Tres Catorce, animal, ¿qué te creías, que ella también se pondría a perseguir a las vacas?), y Silvia Foscor, viéndome correr hacia ella sin intención de aminorar la marcha, se pone a chillar. ¡Estúpida!

¡Bum!, la empujo. *¡Bam!*, se cae. Yo salgo. El ogro mira hacia mí y suelta otra blasfemia, aún más fuerte que la primera. De pronto me pareció que se transformaba, que crecía, que se convertía en una bestia como el *Increíble Hulk*. Me pareció que le crecían los colmillos, que en su boca había una doble hilera de dientes, como en la boca de un tiburón. Era un monstruo, un dragón, un supermalo a quien sólo podría vencer un superhéroe. Pero yo, en aquel momento, no tenía ningún superhéroe a mano. O sea, que eché a correr. Se interponía entre la bicicleta y yo, de modo que huí hacia el otro lado. Pasé entre la casa en ruinas y la cabaña del rentero, siguiendo una especie de camino

empedrado. Yo no podía suponer que aquel camino conducía a la era: un patio cerrado por todas partes excepto por una. Un autentico callejón sin salida.

Cuando me di cuenta ya era demasiado tarde.

2

Corrí hacia la pared del fondo, para tocarla con las manos, como para asegurarme de que era de verdad y no una ocurrencia de mal gusto. Y, a mi espalda, las torpes zancadas del Pillastre.

No me lo quería creer. Me mantuve de cara a la pared, encogí los hombros y cerré los ojos, abandonándome así a mi destino ineludible. Por un momento tuve la esperanza de que todo terminase allí. Que mi artimaña me hubiese hecho tan pequeña, tan pequeña, que el Pillastre no me viese. O abrir los ojos y encontrarme en mi cama, despertándome de una pesadilla. O que el Pillastre me diese en el hombro con la punta del dedo y me dijese: «¡Tú la llevas!», y nos echásemos a reír, uf, qué susto, bueno, no ha sido nada.

Pero la mano que se me echó encima me quería clavar en el suelo. Y los gritos que profería el supermalo resultaban terroríficos, como el gruñido del gran danés de dos noches atrás. «Me matará», pensé.

Y menos mal que, con la fuerza de la embestida, no me empujó contra la pared. Me hubiese aplastado como a una mosca. Hubiesen tenido que desincrustrarme con cincel y martillo.

Me levantó en volandas y me obligó a mirarle. No tenía doble hilera de dientes, pero daba tanto miedo como un tiburón. En sus ojos no había mucha más inteligencia que en los de un tiburón. Aquella mirada fija era la mirada de un asesino, estaba segura de ello. Y no sé qué me decía, porque estaba tan furioso que ni él mismo sabía lo que me estaba diciendo.

Levantó su manaza dispuesto a soltarme una bofetada. Y os aseguro que, si me la llega a dar, mi cabeza hubiese salido rodando como una pelota pateada por Manolo Due.

Pero no llegó a darme el tortazo.

Porque, de pronto, se sintió un golpe seco, un auténtico *¡patac!*, y el monstruo puso cara de sorpresa, miró al cielo y cayó desplomado hacia atrás. A su espalda estaba Silvia Foscor con una pala en la mano. ¡Os lo juro! ¡Le había descargado un golpe con la pala, dejándolo inconsciente! ¡Increíble! Yo nunca había visto dejar sin sentido a una persona de un porrazo. Hasta pensaba que era imposible, un convencionalismo de película, un invento de Hollywood para dar soluciones fáciles a situaciones desesperadas. Y, mira por dónde, aparece Silvia Foscor y *¡patac!*

De repente pensé que lo había matado y me horroricé, pero no me pude entretener en ello porque al instante vi una pistola en la mano de la *top model* y tuve otro susto. Me parece que en aquellos momentos perdí unos cuantos años de vida, a fuerza de sobresaltos.

—¡Huye de aquí! —me gritó fuera de sí. Había perdido la compostura y estaba ligeramente despeinada. Me recordaba un poco a Geena Davis de pirata o de mujer de acción—. ¡Márchate, imbécil!

—Un momento, un momento... —traté de decirle.

Ni un momento, ni dos. Estaba histérica. De un zarpazo me quitó el DNI que yo tenía olvidado en la mano («¡Eh, el carnet!»), y enseguida apuntó al cielo y disparó una vez, para demostrarme que aquello estaba cargado y que sabía cómo utilizarlo, y ¡qué petardazo pegó la pistola!, *¡blamm!*, y yo que pego un brinco y echo a correr como si aún me estuviese persiguiendo el Pillastre enloquecido.

Ostras, cuando pasaba junto a la mano de aquel ogro, veo que aquella garra se abre y busca mi tobillo, por eso me di cuenta de que no estaba muerto, di un salto, redoblé el paso y me alejé de allí tan deprisa que el viento me deformaba los rasgos de la cara.

¡Ya lo creo que salí disparada de allí! Claro, ¿qué otra cosa podía hacer?

3

Lo importante es que yo ya estaba segura de que Jacinto DelaSelva había matado a Faustino Galiá, sabía dónde estaban las pruebas y quién las tenía. Claro que el Pillastre ya debía de estar quemando el DNI, los documentos, las fotos y la cartera, pero yo debía hacer algo, ¿no?

Bueno. Después de aquel susto en la masía pasaron unas cuantas cosas que ya os contaré en otro libro, y cuando finalmente llegué a Tos, me fui volando al cuartelillo de la guardia civil. Pensaba que era mi obligación.

El capitán Barreno no estaba para nadie. ¡De pronto resultaba que el descarrilamiento del tren había sido provocado! Y si Melquíades Barreno no estaba para nadie, en aquel cuartelillo no se movía nadie, porque se empeñaba en ser el único protagonista de todos los casos. Aquel pobre hombre era incapaz de delegar en otros ninguna responsabilidad, por lo que se le podía ver trastornado, al borde del infarto, discutiendo por teléfono con sus superiores mientras se esforzaba por entender el informe que le presentaba un ingeniero sobre el sabotaje de la línea férrea. Entonces entro yo y le digo que sé algo muy importante, que sé con toda seguridad que el señor Faustino Galiá fue asesinado y que sé dónde lo han enterrado y quién tiene pruebas de todo eso.

—¡Fantástico! —gritó, salpicándome de saliva al hablar—. ¡Pues vete donde dices que están la pruebas y tráemelas! ¡Si no veo una prueba, no pienso moverme de este despacho! ¡Y ahora, lárgate!

Yo creía que era la policía quien tenía que buscar las pruebas para el juez. Yo no tenía ninguna obligación de buscar pruebas de nada.

Más tarde hablo con Rodri, que me sale exactamente con lo mismo:

—Pruebas, niña. Si no hay pruebas, será tu palabra contra la de cualquiera.

—Y si yo no encuentro las pruebas, ¿no piensas moverte del sillón? ¿Nadie piensa moverse del sillón?

—¿Por qué tendría que preocuparme? ¡Eso es cosa de la guardia civil! ¿Quién me paga a mí por encontrar al asesino del tal Galiá? ¿Y a ti quién te paga? ¿Por qué vas a meterte en esto? ¿Es que conocías a Galiá? Tú ya has hecho lo que debías hacer. Has ido a la policía y les has dicho lo que sabías. ¿Que no te hacen caso? Es su problema.

Odio esta expresión: «Es su problema». Bueno, pero me tuve que rendir. La verdad es que yo también tenía otras preocupaciones y, si los otros no se preocupaban, ¿por qué me iba a preocupar yo? Ellos eran mayores, tenían más responsabilidades, mandaban más, se jugaban más que yo...

... Y, en cambio, ¿queréis que os sea sincera? Me daba rabia dejarlo correr. Pensaba que aquel animal se había cargado a un pobre hombre que, además de tener aquella cara, se llamaba Faustino y a nadie parecía importarle ni poco ni mucho que hubiese muerto. ¡Qué gran injusticia!

Pero qué queréis, así es la vida, así es el mundo. Un día compondré una canción con esta letra, pero en aquel momento, cuando me quise dar cuenta, ya debía ocuparme de otra de mis preocupaciones: el Barça jugaba aquella noche contra el NTU de Grösvik en el Camp Nou, y mi presencia allí era imprescindible.

La continuación de esta historia me la encontré al día siguiente, cuando al llegar a mi despacho me estaban esperando los señores Farrás, muy angustiados. «Ostras, ¿qué pasa ahora con Ana?».

Antes, dejadme que os hable un momento de mi fugaz encuentro con Toni el Trazas, mi novio querido.

Fue en el Camp Nou, al final del partido del Barça que yo celebraba con sonrisas, saltos y abrazos con Manolo Due, con Guardiola, con Ferrer, incluso con Stóichkov... En aquellos momentos de algazara me encontré con la mirada tristísima y dolida de Toni, de mi novio. Iba tan desastrado como siempre, envuelto en una bufanda del Barça y con una carraca enorme en la mano. Sus ojos (¿os he dicho que tiene unos ojos preciosos?) me estaban acusando. Yo siempre le había dicho que el fútbol no me interesaba para nada y, mira por dónde, de pronto me encuentra en el Camp Nou, a la entrada de los vestuarios, celebrando la victoria con saltos y risas con unos jugadores que parecían conocerme de toda la vida.

Le debía una explicación. Pero él no estaba dispuesto a escucharme. Cuando me deshice del abrazo de Manolo y Toni adivinó que me disponía a correr hacia él, dio media vuelta y se confundió con el público.

—¡Eh, espera, Toni, espera! —creo que fue la primera vez en mi vida que sentí que se me partía el corazón. Era un dolor físico, una mezcla de alteraciones cardiacas y respiratorias—. ¡Toni! ¡Vuelve, por favor! —inútil. No me oía, o no me quería oír—. ¡Toni, imbécil, ven, que te quiero!

Ya no me volvería a llamar «Pajarito», ya no me volvería a poner la mano en el trasero cuando me besaba. «¡Que te he dicho que no me pongas la mano en el trasero, que nos estan mirando!». ¡Toni...!

No podría entenderlo nunca.

Se me perdió entre el gentío y, entre el gentío, me encontré llorando como una pánfila. Como una imbécil.

—Tres...

Una mano amiga sobre mi espalda. Me vuelvo rápidamente con la esperanza de que sea Toni que ha recapacitado...

... Y me encuentro con Miguel Delgado y Cuatroojos, el pobre. Con aquella mirada huidiza, aquellas pupilas bailando enloquecidas tras los cristales de culo de botella.

—¿Te pasa algo, Tres?

—No, no me pasa nada. Perdona...

Me quería escabullir aprovechando la riada de gente que salía del estadio, pero él me sujetó por la manga:

—No, perdóname tú...

Yo tenía demasiadas ganas de llorar, demasiada vergüenza. Bueno, te lo explico y acabemos de una vez:

—¡Es el estúpido de Toni! ¡Da por supuesto que me tiene en el bote! No hace ningún esfuerzo por conquistarme, por complacerme...

—¡Me da lo mismo lo que te pase con Toni! —gritó Miguel de repente, con una energía inesperada.

Lo miré. Parecía transfigurado. La gente se apiñaba a nuestro alrededor, avanzaba hacia la salida empujándonos. Era muy incómodo mantener allí una conversación íntima.

—¿Qué te pasa? ¿Qué quieres?

—No, que... —no se atrevía—. Quería decirte... Que te he visto con Silvia Foscor...

—¡Sí! —¡aquello sí que despertaba mi interés! Le agarré de la camisa y le sacudía invitándole a seguir hablando. ¿Qué sabía él de aquella *femme fatale* que abatía ogros a golpe de pala?—. Sí, dime, ¿qué sabes de ella?

Me dio la sensación de que, en realidad, no quería hablar de Silvia Foscor. Hizo un gesto de desánimo absoluto y movió la cabeza como diciendo: «Déjalo, no vale la pena»... Y se fue. ¡Mierda de tímido!

—¡Miguel! —pero nada: él, corre que te corre—. ¿Por qué todos los hombres huyen hoy de mí?

Resulta muy difícil perseguir a alguien entre la multitud, de modo que desistí de mi empeño.

4

Con esto os habréis hecho una idea de mi estado de ánimo al día siguiente, 4 de marzo, cuando al entrar en la agencia, Irene me dijo:

—Tienes clientes.

Los clientes eran unos señores Farrás muy, pero que muy inquietos. Estaban sentados, pero al verme se levantaron de un salto, como si acabase de entrar un ministro. Ponían cara de pena profunda y se me ocurrió que venían a pedirme perdón por alguna jugada que me habían hecho. Se pusieron a hablar muy deprisa y simultáneamente, como si dispusieran de pocos segundos para explicarme una larga lista de problemas.

—Ah, queríamos hablar contigo...

—Te pagaremos esta consulta, tú dirás el precio...

—Pero queríamos hablarte de Ana...

—Estamos muy preocupados. Hace cosas muy raras. Dice

mentiras, coge dinero, toma iniciativas tremendas sin contar para nada con nosotros...

—Hemos pensado llevarla a un psicólogo, pero no sabemos...

Los ojos de la madre, pura angustia, iban de un lado a otro del destartalado despacho. Los del padre, en cambio, me fusilaban, exigentes.

—Y el otro día, eso que nos dijiste... Nos interesó mucho...

Aún no había tenido tiempo de quitarme la cazadora ni de abrir la boca. Por educación, no apartaba la vista de aquellos rostros atribulados, andaba a tientas. Dejé la chupa sobre el sofá y me coloqué delante del matrimonio, al otro lado del escritorio.

—¿Qué dije?

—Aquello de la niña —dijo la señora Farrás. «¿Cómo es posible que lo hayas olvidado?»—. A mí me impresionó mucho aquella pregunta que nos hiciste. ¿Cómo es que Ana, cuando cree que el vecino ha matado a su hija, tiene que ir a buscar un detective privado antes que hablar con nosotros? Me parece muy grave. Terrible.

—¡Ah! —dije yo—. Sí —me miraban desolados—. Sí que lo es —repetí, despiadada.

—¿Qué podemos hacer? —el señor Farrás iba al grano.

Qué pregunta más difícil.

—Yo qué sé qué podemos hacer —respondí.

Se hundieron. Físicamente, quiero decir. Se sentaron lentamente, como si les fallasen las piernas.

—Pero tú, el otro día, lo viste muy claro...

—Eres joven... —casi me suplicaba Amelia Castellnou de Farrás—. Todavía debes de tenerlo fresco. Aún recordarás qué pasaba cuando tenías la edad de Ana...

—¿Por qué crees tú que hace tantas trastadas? —el señor Farrás, al grano.

—¿Hace muchas trastadas? —me sorprendí.

—¡Que si hace trastadas! —ahora salía el mal genio del padre. Lo que había hecho su hija era indignante, intolerable—. ¡El otro día nos volvió locos! ¡Ya lo sabes tú! Una cosa es que no sepa comunicarse con nosotros y otra que mienta, que haga novillos, que se meta en casa de los demás sin permiso, que disponga de dinero que no es suyo, ¡que acuse al vecino de ser un asesino!...

A la señora Farrás le dolía que su marido hablara de aquel modo.

—Al final, el señor DelaSelva no había matado a su hija, ¿sabes? —dijo, entre aliviada y dolida.

—¿Ah, no? —yo, haciéndome la tonta.

—No. Desde el martes, la pequeña vuelve a estar en casa. Llamó a Ana y le dijo que había estado en casa de sus abuelos...

—¿Pero es que se habían creído que el vecino había matado a su hija?

—¡No! —exclamó la señora Farrás—, qué disparate.

—Hombre, no —dijo el señor Farrás, sin tanto énfasis—, pero precisamente por eso creemos que esta niña nuestra está...

—¡Es que está como loca! —la madre, valiente, osó finalmente pronunciar la palabra prohibida.

—Pues llévenla a un psicólogo —respondí, fría y distante. A mí qué me contaban.

La gente que siempre le dice a los demás lo que deben hacer, cuando tiene un problema busca a alguien que le diga qué debe hacer. Se pasan la vida impidiendo que la gente piense y juzgue por ella misma y, a la hora de la verdad, renuncian a pensar y a juzgar por ellos mismos.

—Es que... —la madre movió la cabeza así, como diciendo: «¿Qué dirá la gente?».

—Es que no tenemos la certeza de que esté loca... ¿A ti qué te parece? Todo eso de los DelaSelva, del muerto en el maletero del coche y de que matan a la gente, ¿se lo cree de verdad o sólo lo dice para llamar la atención?

—Es que mi marido cree que todo esto lo hace para llamar la atención, para que le hagamos caso... Si es así, mira, todavía podría pasar... Pero si se lo cree de verdad... ¿Tú crees que delira?

Abrí la boca para contestar. Sí, aquello merecía una buena respuesta. Pero tengo la impresión de que al señor Farrás le daba miedo lo que yo pudiese decir, porque enseguida saltó:

—Es que estamos seguros de que tú entiendes muy bien a Ana. El otro día nos pareció que tenías muy claro lo que le está pasando.

—Pero no soy yo quien debe tenerlo claro —dije finalmente—. Son ustedes. Ya son mayorcitos para vivir al dictado. ¿Qué quieren? Que yo les diga: «Ahora, cuando lleguen a casa, en lugar de gritar desde el vestíbulo, "¡Hola!", y de ir a lo suyo, vayan a buscar a Ana donde esté y pregúntenle qué hace, qué ha hecho, si se lo ha pasado bien y si tiene algo que contarles». Porque me imagino que hace ya mucho tiempo que no acude a molestarlos con sus historias y sus ocurrencias. Cuando iba, siempre le decían: «¡No me molestes ahora, estoy muy ocupado!».

Juraría que palidecieron.

—¿Cómo lo sabes?

—¿Cómo sabes que digo «Hola» desde el vestíbulo y me voy a mi despacho? —dijo el señor Farrás.

—¿Cúando fue la última vez que le hizo cosquillas a su hija?

—¿Cosquillas? —palideció un poco más.

—¿Y cuál fue el último cuento que le contó usted? —no sabía qué responder—. ¿Y el último cuento que le contó su hija?

No recordaban siquiera que su hija les hubiese contado un cuento alguna vez.

—¿Te ha contado ella todo esto? —tartamudeó el señor Farrás.

—No es necesario que me cuente nada. Sólo hay que verlos a ustedes y su casa. Usted trabaja mucho, ¿verdad, señor Farrás? Para mantener esa casa se necesita mucho dinero, y usted debe de ser una persona muy ocupada, que no tiene tiempo para nada, siempre metido en sus asuntos, siempre cavilando, seguramente con un poco de estrés también, ¿no? Claro, ¿qué otra cosa puede hacer, si no? La vida está muy cara, cuesta mucho trabajo ganar dinero, y se sacrifica por los suyos y todo eso, ¿no? ¿Cuántas horas pasa en su despacho? ¿Diez, doce? ¿Y cuántos días sale de viaje al mes? ¿Quince, dieciséis? —¿querían consejos? ¡Pues tendrían consejos! Me dirigí a Amelia de Farrás—. Y usted, me imagino que también trabaja fuera de casa, ¿verdad, señora Farrás? Claro. ¿Y vuelve cansadísima? ¿Usted también le dice a la niña: «No me marees ahora», o eso se lo deja para su marido en exclusiva? Y la asistenta que tienen, también debe de ser muy trabajadora, porque tiene la casa impecable, limpia como una patena. Me imagino que será mayor, seria y severa con la niña,

¿verdad? —estaba dando en el blanco: se les notaba en el temblor de sus dedos—. ¿Puedo preguntar con quién juega Ana?

—¿Con quién juega? —el señor Farrás quería darme una réplica adecuada, pero detrás de la pregunta se adivinaba un exabrupto del estilo de: «¡Y a mi qué me cuentas!»—. Con sus amigas...

—No —intervino la madre, culpable, confesando su culpa—. Tiene razón. Nunca jugamos con ella —me miró buscando la absolución—. Es eso, ¿verdad? Deberíamos jugar más con Ana, ¿es eso lo que quieres decir?

La descorazoné con una mueca, negando con la cabeza.

—No. No es eso —se volvieron a hundir. ¿Es que su mal no tenía remedio?—. No es eso porque, si ahora les digo que sí, que deben jugar con ella, se irán corriendo a casa y caerán sobre la niña y la volverán loca diciendo: «¿Qué quieres hacer? ¿A qué jugamos? ¿Dónde quieres ir? ¿Qué nos cuentas?», y la niña echará a correr tan deprisa que tardarán meses en encontrarla. «¿Ostras, de qué van estos?». Claro, ya está acostumbrada a vivir sin que le den la tabarra. Porque los padres, a menudo, son una tabarra, ¿saben? Pero los hijos entienden que son una tabarra necesaria, y por eso tienden a contemporizar, a negociar. Los hijos saben que no se puede pasar sin los padres. Y para los padres, los hijos también son una tabarra necesaria. Bueno, lo supongo, yo no lo sé porque no tengo hijos, pero me imagino que necesitan a Ana, ¿no? ¿O no la necesitan? —aquella pregunta les trastornaba. ¡Habían vivido los ocho años de Ana convencidos de que no la necesitaban para nada! ¡Probablemente eran de esa clase de personas que piensan que no necesitan a nadie para vivir!—. ¿La necesitan? ¿Y sabe ella que la necesitan? ¿O es que piensan que ya es suficiente con haberla parido? ¿La han tenido y ya está, sólo hay que esperar a que crezca mientras ustedes van trabajando y corriendo de una parte a otra? —había puesto el dedo en la llaga y me estaba encarnizando. Pensé que necesitaba la llamada de *Enamoradamente enamorado* para que pusiera un poco de bondad y de amor en mi vida. Aflojé—: Bueno, perdonen, no es cosa mía, a mí todo esto ni me va ni me viene. Ustedes sabrán por qué quisieron tener a Ana, pero piensen que ahora ya no será tan fácil acortar distancias, ¿eh? No se trata de que ni yo ni nadie les diga lo que tienen que hacer. Allá ustedes. Cada día que pase lo tendrán más crudo, porque ella está cada vez más acostumbrada a ser como es y aprenderá a pasar de ustedes como ustedes pasan de ella...

—Pero quizá —suplicaba el señor Farrás—, si cuando se esfuerza por llamar nuestra atención ve que le hacemos caso, es posible...

—Es posible, sí —un poco de esperanza—. O quizá les devolverá la pelota y, cuando se dé cuenta de que están pendientes de ella, los mande a hacer gárgaras, por aquello de que donde las dan las toman —envejecían visiblemente ante mis ojos—. Miren, ¿saben qué les digo? Yo soy detectiva privada, no soy psicóloga ni consejera matrimonial. Ya se arreglarán. Pero si quieren un consejo: no acepten consejos de nadie. Esto sólo pueden solucionarlo ustedes, que son los que mejor conocen a Ana, su historia y la historia de ustedes dos, y saben adónde quieren llegar y qué quieren sacar de todo esto.

Destrozados. Ganadora por KO, Tres Catorce. Pero, en realidad, tenían razón: yo aún guardaba en mi memoria mis sentimientos de niña y las conversaciones con mis amigas, y los miedos, y las expectativas no satisfechas, y cómo te puede afectar un grito inoportuno cuando no tienes culpa de nada o aquel regalo prometido que se les olvidó. Hay muchos adultos que olvidan eso enseguida. Llega un día de su vida en que deciden que ya no toca ser niño y, *flas*, borran todo el contenido de su memoria y empiezan a vivir con otro chip. Yo espero que todo esto no se me olvide nunca, porque creo que perder la memoria es como perder un trocito de vida.

Y *Enamoradamente enamorado* sin llamar. Y Toni, *missing*. Y los señores Farrás que no se iban nunca.

—Está bien... Te haremos caso... —no habían entendido nada. No se trataba de que me hicieran caso. Yo no era quién para decirles lo que debían hacer. ¡Si no lo sabían ellos, no podía saberlo nadie!—. Pero escucha, aún querríamos decirte otra cosa... Esta manía que le ha entrado por los DelaSelva... Piensa que a nosotros nos pone en un compromiso, porque son vecinos de toda la vida... Ahora se le ha metido en la cabeza que quiere ir a jugar con Anapito, porque a su amiga la llama Anapito, ¿sabes?... —me puse en guardia. ¡Eh, un momento! ¿Qué me estaban diciendo?—. Y yo le he dicho: «Oye, después de lo que le echaste en cara al señor DelaSelva, imagínate que te lo encuentras...». Y ella que sí, que sí, que le quiere pedir perdón —huy, huy, huy, me estaba poniendo nerviosa—. Yo, de momento, no la he dejado ir, pero hoy ha llamado el mismo señor DelaSelva: «¿Quieres venir a casa a jugar con Ana?»...

—¿Que ha llamado el señor DelaSelva? —grité al mismo tiempo que me incorporaba.

Me miraron un tanto sorprendidos, sin moverse de sus asientos.

—Sí —continuó Amelia de Farrás—. Porque me da la sensación de que Anapito es una niña muy solitaria, ¿sabes? Y claro, deben de tenerla en casa. ¿Pero a ti qué te parece? ¿Debo dejar que vaya o...?

Yo ya me había puesto la cazadora, ya tenía la mano en el pomo de la puerta.

—¿Pero es que no saben que para su hija no hay barreras? ¡Si quería ir a casa de los DelaSelva, estará en casa de los DelaSelva! ¿Y dicen que la ha invitado él personalmente? ¡Ostras, ostras, ostras, ostras, ostras!

Salí disparada.

Y los padres allí, sentados, sin enterarse de nada.

CAPÍTULO SÉPTIMO

Enamoradamente enamorado

1

Lo sospeché enseguida, y mis sospechas se vieron confirmadas: la invitación del señor DelaSelva a la niña de los Farrás había sido provocada por ella misma. Una de sus maliciosas llamadas. Desde la ventana de su habitación, y gracias a los enormes ventanales que privaban a los vecinos de toda intimidad, esperó a que Jacinto DelaSelva estuviese cerca del teléfono del salón para marcar su número de teléfono. De este modo se aseguró de que fuera él mismo quien lo descolgara.

—Soy Ana Farrás, la vecina —dijo, muy educada—. ¿Es usted el señor DelaSelva? Ah, señor DelaSelva, quería pedirle perdón por lo que le dije el otro día. No me lo tenga en cuenta, mis padres me van a llevar al psicólogo uno de estos días. Él me ayudará a resolver todos mis traumas y ya no volveré a decir más tonterías. ¿Puedo hablar con Anapito? Me gustaría ir a jugar con ella, tengo muchas cosas que contarle...

No olvidemos que cuando el pintor había visto a aquella cría por última vez, él acababa de asesinar a Galiá y ella le había dicho que sabía que era un asesino. Era previsible que el señor DelaSelva estuviera intrigado por saber qué era lo que la vecinita quería contarle a su hija.

—¿Ah, sí? Pues ven cuando quieras, Ana, claro que sí. ¿Por qué no vienes ahora mismo? A mi hija Ana le haría muchísima ilusión...

Entonces, Ana había pedido permiso a sus padres:

—Dice el señor DelaSelva que sí puedo ir a su casa a jugar con su hija.

Sus padres se lo prohibieron terminantemente:

—¡De ningún modo! ¿Pero no decías que era un asesino?

—¡Y qué! Yo quiero jugar con Anapito, no con su padre.

—Pues no, de ninguna manera, ¡no puedes ir a jugar a casa de esa niña! ¡En todo caso, que venga ella aquí!

—¡No, que venga ella aquí, no! ¡Yo quiero ir allí! ¡Me gusta el olor a pintura!

—¡Pues no vas a ir!

En cuanto sus padres salieron para ir a verme a la agencia, Ana Farrás empezó a preparar la fuga. No le resultó muy difícil, porque la asistenta estaba absorta limpiando una mancha de un mueble del comedor. La niña le dijo que estaría escuchando música con los *walkman* en su habitación, le recordó que siempre escuchaba música a toda pastilla, y que si la llamaba no podría oírla. Se encerró con pestillo y se descolgó por la ventana hasta el jardín. Procurando pasar por donde no fuese vista desde el comedor, llegó hasta la calle. Se compuso la ropa y llamó, muy modosita, al timbre de la casa de los DelaSelva.

—Soy Ana Farrás, la vecina.

—¡Ah, sí! —se oyó la voz del lobo a través del portero automático—. ¡Pasa, guapa, pasa!

Pasó. El jardín de los DelaSelva, con tantos árboles, parecía realmente una selva, el bosque del lobo. El dueño de la casa apareció entre un pino y un roble. Babeaba, se pasaba la lengua por los labios y miraba fijamente a Ana, como calculando su peso y dónde le clavaría la primera dentellada.

—Hola, Ana... —«hola, Caperucita...».

—¿Está en casa Anapito?

—Claro que sí. Passsssa, passsssa... Quiero que sepas que estás perdonada. Ya se me había olvidado lo que me dijiste... No entendí a qué te referías... Eso de llamarle asesino a un vecino es muy fuerte, ¿no te parece? ¿Por qué me lo decías exactamente? ¿Lo habías soñado o...?

Ana no soltaba prenda. Distrajo su atención hacia Titánic, que llegaba contentísimo para saludarla. ¡Qué contento estaba! Saltaba, lamía y meneaba el rabo, más feliz que nunca. ¡Si era Ana, la amiguita de la niña de la casa! ¡Qué suerte: hacía dos días que había recuperado a su niña cuando creía que se había ido para siempre, y ahora también venía la amiguita! «¡Cuánto tiempo sin verte!».

—Vamos, vamos, Titánic, ¡déjala en paz! ¿No ves que molestas? —¡qué inoportuno e impertinente podía llegar a ser el amo!

—¡No le pegue, hombre, pobre animal!

—¡Si no le pego! ¡Sólo le hago así!

Ana ya no le prestaba atención porque de la casa había salido Anapito y corría hacia ella.

—¡Ana!

—¡Pito! ¿Dónde estabas?

—*Éstos*... —observad estas cursivas, tan explícitas, tan cargadas de desprecio—, que me llevaron a casa de los abuelos...

—Perdone, señor DelaSelva... —dijo Ana Farrás, concediéndole un ápice de atención al señor que mariposeaba a su lado—. ¿Le importaría dejarnos solas? Quiero contarle unos secretos a su hija.

—Sí, sí, claro que sí.

De ningún modo, claro. Las niñas subieron al dormitorio, donde se encerraron, y el señor DelaSelva se fue a buscar un vaso a la cocina. Con él en la mano, de puntillas, subió hasta el pasillo de arriba, puso la boca del vaso en la puerta y aplicó el oído en el otro extremo. De este modo pudo oír palabra por palabra todo lo que decían las dos chiquillas.

Tenían muchas cosas que contarse. Habían sido unos días muy divertidos.

—¡Creía que tu padre te había asesinado!

—¿Ah, sí? ¿Lo creías? —como si le hiciese ilusión—. ¡No! ¡Pero estuvo a punto! Me llevaron a la masía de mis abuelos, que es un rollo... Me querían matar de aburrimiento, pero no lo consiguieron. ¡Aunque me vengué! ¿Sabes qué le dije a la policía? ¡Que mi padre no era mi padre y que me había secuestrado!

Las niñas se reían. Le sacaban al tema todo el jugo posible. El señor DelaSelva se mordía los nudillos.

—Pues yo creía que te había matado. Y contraté a una detectiva para que demostrase que te había matado y poder meterlo en la cárcel.

—¿¡¡¡Una detectiva!!!?

—¡¡¡Sí!!! Y, por la noche, vino a tu casa y *¡estuvo haciendo fotos!*

El señor DelaSelva casi se come un dedo.

—¿Hizo fotos?

—¡Sí! ¡De tu padre matando a un hombre! —se reía Ana Farrás.

—¿Mi padre matando a un hombre? —Anapito dio un respingo y gritó—: ¡Mentirosa, no puede ser!

La reacción desconcertó a Ana Farrás. Más tarde me contó que ella contaba con que a su amiga le pareciera estupendo que su padre fuese un asesino. ¿No le tenía tanta rabia? ¡Pues si sabía que había matado a una persona, con más motivo! La pobrecilla no podía comprender que una cosa es pensar que tu padre es una mala persona porque de vez en cuando te suelta una galleta o te mete la cabeza en la sopa, y otra muy distinta es que tu padre haya matado a alguien, que le pueda detener la policía y que al final termine en la cárcel. Porque los niños sólo tienen a sus padres, aunque éstos sean malos, y si los padres desaparecen los niños pierden el norte. Es como las mujeres que no tienen un trabajo y dependen del dinero que aporta el marido: si el marido desaparece, si se separan, ¿qué será de ellas? Ésa es la causa de que muchas mujeres soporten los malos tratos. ¿Y los niños? Ese desamparo fue el que provocó que Anapito se negase a creer lo que estaba oyendo.

—¡Mentirosa, no puede ser!

Y Ana Farrás se desalentó porque, al meterse en la casa, había contado con la colaboración de su amiga para capturar al asesino y, de pronto, empezaba a sospechar que tendría que enfrentarse ella sola al peligro.

—¡Claro que puede ser! ¡Mi detectiva lo vio!

—¡No! ¡Es mentira! —Anapito estaba a punto de llorar—. ¡Mi padre no puede haber hecho lo que dices!

Me imagino al señor DelaSelva hecho polvo, al otro lado de la puerta. Me gustaría imaginar que las lágrimas nublaron sus ojos al pensar en la gran decepción que tendría su hija cuando supiera la verdad. Sin embargo, no lo creo, porque esta clase de gente no acostumbra a llorar nunca. Supongo que le daba lo mismo lo que pudiera pensar su hija, y que si sentía algún malestar sería por el temor de que el capitán Barreno pudiera echarle la mano encima.

—¡Tengo pruebas! —se defendía Ana Farrás, consciente de la presencia del lobo al otro lado de la puerta.

—¡No tienes pruebas!

—¡¡¡Mi detectiva hizo fotos!!!

Silencio. El señor DelaSelva estaba paralizado, boquiabierto, patidifuso. Anapito había enmudecido.

—¡Mira! ¡Éste es el carrete! ¡Te venía a buscar para que me acompañaras a revelarlo! ¡Suponía que te gustaría enterarte de que tu padre es un asesino!

Anapito empezó a llorar desconsoladamente.

—¡Todo eso que dices es mentira!

—¡No es mentira! ¡Ven y compruébalo! ¡Yo contraté a la detectiva y por eso me ha dado el carrete! ¡Y ahora mismo voy a llevarlo a revelar y te traeré una copia de las fotos y mandaré otra a la policía!

Ana Farrás se había incorporado y su amiga le tiraba de la falda para impedirle que llegase hasta la puerta.

—¡Déjame!

Se sintió invadida por el pánico. Mi clienta empezó a sospechar que estaba atrapada entre dos fuegos y que no podría escapar de allí.

Se desprendió de las débiles manos de la niña que lloraba y abrió la puerta. Allí la estaba esperando el señor DelaSelva, con una sonrisa de perturbado que daba pavor. Más tarde, cuando me lo contaba, Ana me dijo que no se había asustado, porque ya contaba con que aquel hombre estuviera allí, pero estoy segura de que pegó un brinco y de que el corazón se le paró durante unos segundos.

Y es muy posible que también el señor DelaSelva tuviera un paro cardiaco porque, efectivamente, la vecinita tenía un carrete fotográfico en la mano.

2

—¡Un momento, nena! —dijo el pintor. Gruñó, babeó, enseñó los dientes—. ¡Pasaba por aquí y no he podido dejar de oír lo que le decías a mi hija! ¡Todo eso es mentira! ¿Se puede saber por qué haces llorar a Ana? ¡Eres una niña malvada! ¡Dame ese carrete!

Ana Farrás cerró la puerta con fuerza, golpeando en la frente al dueño de la casa, al tiempo que le pillaba un dedo. ¡Qué dolor! El señor DelaSelva pegó un grito y fijó su atención en el dedo lastimado y, mientras tanto, Ana aprovechó el momento para volver a abrir y, con la cabeza por adelante, embestirle como un ariete.

DelaSelva fue a chocar contra la pared del pasillo y Ana Farrás echó a correr por las escaleras que conducían hacia el piso de abajo, perseguida por el penetrante grito de su amiga:

—¡No le hagas daño a mi padre! ¡Dale el carrete!

Y cuando Ana Farrás se disponía a bajar las escaleras, la traca final: Anapito abre la ventana y se pone a chillar:

—*¡¡¡Titániiiiic!!!* —así, con letra cursiva, ya nos entendemos.

A Ana Farrás se le pusieron los pelos de punta. Y no la culpo, porque yo también había tenido que vérmelas con aquel animal.

—*¡¡¡Titániiiiic!!! ¡Atrápala!* —el grito de guerra.

Mientras bajaba las escaleras, los grandes ventanales del salón le permitieron ver al gran danés que, al galope por el jardín, venía en su busca.

«¿Atrapar a quién?», preguntaban los ojos inquietos y enloquecidos del animal, dispuesto a clavarle los dientes al primer fugitivo que se cruzara en su camino. «¿Atrapar a quién?».

Ana Farrás llegó al último escalón y, suponiendo que habría una puerta trasera, rodeó la escalera. El suelo estaba enceradísimo y resbalaba como una pista de hielo. *Patam, patam, patam,* los pasos del señor DelaSelva la seguían muy de cerca.

—¡Atrápala, Titánic, atrápala! —aullaba arriba Anapito, cómplice de su padre, inconsciente de las consecuencias que podían tener sus gritos.

A través de los cristales del ventanal, Titánic ya había localizado a la fugitiva. No cabía duda: ¡lo estaban azuzando contra la amiguita de la niña! *¡Glups!* Era difícil de entender, pero no tenía más remedio que obedecer. Era un perro fiel, y los perros fieles obedecen. Si no, serían perros infieles. Y no serían los mejores amigos del hombre. Lástima de cristales que le impedían lanzarse sobre la niña y comérsela de un bocado para complacer a sus amos.

El gran salón estaba lleno de muebles y tresillos, carritos de té, colmillos de elefante y mesitas bajas de cristal, ideales para golpearte en las canillas. Un sofá se atravesaba en el camino de la fugitiva, y saltó sobre él dando una voltereta prodigiosa. El perrazo seguía la vertiginosa persecución desde el exterior ladrando desesperadamente. Decididamente, había tomado partido.

—¡Engracia, que no salgaaa! —rugió el señor DelaSelva.

Engracia, una asistenta corpulenta, y un jardinero musculoso estaban en la cocina, hablando de no sé qué. Bloqueaban la salida trasera.

—¡Atrapadla! ¡Me ha robado unas fotos muy valiosas! ¡Ya te enseñaré yo, ladrona!

Ana hizo una finta que ríete tú de las de Manolo Due y, esquivando los tres pares de manos que se le echaban encima, echó a correr por un pasillo que por detrás de la escalinata volvía a desembocar en el salón. Pero allí ya la esperaba Jacinto DelaSelva con las garras por delante, como si quisiese arrancarle los ojos.

—¡Ya es mía!

Ana empujó una puerta y se precipitó en el interior del estudio, empapelado con bocetos y garabatos, salpicado de manchas de pintura de todos los colores, con el caballete en medio y el taburete alto, de bar, y el secreter lleno de cajones, y aquel fuerte olor a pintura fresca que mareaba.

Era un callejón sin salida.

—¡Ay! —dijo la niña.

Dio media vuelta. Pero se encontró con una muralla de manos y gritos, de brazos que la sujetaban. Y unas manos de hierro abriendo la suya y apoderándose del carrete de fotos.

—¡Nooo! ¡Devuélvame mi carrete!

—Me quería quitar este carrete... —se justificó el señor DelaSelva con Engracia, el jardinero y la asistenta corpulenta—. Es un carrete muy valioso para mí...

Y ante la sorpresa de todos, tiró con fuerza del extremo de la película que sobresalía del cilindro y continuó tirando y tirando para que se velase con la luz.

Engracia, el jardinero, la criada y su hija le miraban con ojos asombrados. ¿Pero no decía que la película era tan valiosa?

DelaSelva sonreía feliz, como un simplón, tan aliviado como si acabara de tirarse un pedo.

3

Llegué, fuera de mí, a la casa de al lado. Como quien dice, choqué con la bicicleta contra la verja, salí volando por encima del muro, entré por la chimenea y me encontré cara a cara con la criada de los Farrás. No fue exactamente así, porque en la casa no había chimenea, pero casi.

Y la criada dijo:

—¡Ay!

Y yo:

—¿Y Ana? ¿Dónde está Ana?

—En su cuarto, escuchando música.

Aunque no me lo creí, subí a comprobarlo. La puerta de la habitación estaba cerrada por dentro.

—¡Ana! ¿Ana?

Tuve que salir al jardín y subirme al tejadillo del anexo para comprobar que la habitación estaba vacía.

Los frenéticos y graves ladridos de Titánic atrajeron mi atención. En la casa vecina se advertía mucha agitación. Una niña bajaba las escaleras mientras DelaSelva la perseguía. ¡Y la niña era Ana Farrás! Ostras, y huía saltando sobre los sofás y los sillones... ¿Qué querían hacerle?

Los señores Farrás llegaban cuando yo ya saltaba del tejadillo al césped. Se habían entretenido aparcando el coche en el garaje: no tenían conciencia del peligro. Decían: «¿Pero qué pasa, qué pasa?», como bobos.

—¡Avisen a la policía! —grité, sin pararme ni para abrir la puerta.

¿Avisar a la policía? Un momento, un momento... ¿Tendrían que encararse de nuevo con el capitán Barreno y su mal genio? No se puede avisar a la policía así como así, sin un motivo muy claro. «A ver, dime, llamo a la policía ¿y qué les digo?». Yo ya estaba cruzando el jardín a toda pastilla. Recordé las precauciones de mi clienta unas noches atrás y pasé por la casita de juegos para recoger algo que me permitiera subirme al muro. Una sillita. Poca cosa, pero vaya.

Sillita en mano, llegué al muro que nos separaba de la casa de al lado. Estuve a punto de matarme. Sudando la gota gorda para llegar arriba, a pulso, otra vez colgada como un jamón, pataleando, levantando el talón por encima de la cabeza, que si me descuido me quedo haciendo el pino, y venga, ahora a saltar hasta al olivo, haciendo oposiciones para trabajar en el circo, jugándome la vida, echando el hígado por la boca hasta encontrarme en el bosque del lobo, ridícula y desmañada, pero milagrosamente viva.

¿Viva? Los ladridos de un Titánic al galope me pusieron una vez más al borde del paro cardiaco. ¿Qué quería ahora la bestia? ¿Venía como amiga o como enemiga?

¡Ni el mismo perro lo sabía, el pobrecillo! ¡Le habían ordenado que atacara y allí todo el mundo corría y se perseguía y no sabía a quién debía atacar!... Y, mira por dónde, una intrusa saltaba el muro, como le habían enseñado que hacen los ladrones, y venía hacia mí con la intención de cumplir con su obligación. ¡Ladrando y enseñando los dientes como los perros salvajes de verdad!

Entonces recordé una frase que me habían dicho alguna vez. Que si te quedas quieta como una estatua, los animales no te hacen nada. Como aquella especie de torero, al que llamaban don Tancredo. Venía el toro como un meteorito, hecho una furia, echando fuego por la nariz, preparado para embestirle con sus cuernos como puñales... Y de pronto se detenía ante la absoluta inmovilidad de aquel hombre. ¿Qué hace éste ahora? ¿Qué es? ¿Un hombre o un muñeco? Daba dos o tres vueltas a su alrededor y por fin pasaba de él. Y eso mismo sucedió con Titánic. Con lo contento que venía él dispuesto a despedazarme y devorarme y, de buenas a primeras, desconcertado, no sabía si yo era comestible o no.

Lo que no decía el manual de don Tancredo era qué debías hacer a continuación, una vez paralizada y con un perro gruñendo y oliéndote los pies. Tenía la sensación de que el más mínimo movimiento, incluso el latir del corazón, sería mi sentencia de muerte, «¡no latas, corazón!».

Y por si fuera poco, la urgencia de salvar a Ana Farrás.

En voz baja, empecé a calmar a la fiera.

—Tranquilo, Titánic, bonito, ¿no me conoces? Soy la amiga de Ana, ya jugamos la otra noche... La de colega, *machote* —aquello de «colega, *machote*», le sonó. ¿Levantó las orejas? ¡Anda! ¡Si era la chica de las cosquillas! Yo le repetía mi nombre porque dicen que nunca te podrás comer algo que tenga nombre propio. He comido mucho conejo en mi vida, pero si me dijesen que el conejo que tengo en el plato se llama «Nubarroncito» y es el hijo de «Blanquita», sería incapaz de hincarle el diente—. Soy Tres Catorce... la amiga de Ana...

Resultó perfecto. A partir de ahora, recomendado contra los ataques de perros: debéis presentaros educadamente, decir vuestro nombre y apellido y, si es necesario, vuestro número de identificación fiscal, dirección y número de teléfono. A mí me dio buen resultado. Titánic me lamió la mano, como invitándome a salir de mi inmovilidad para acariciarle y hacerle cosquillas como noches atrás, y yo, temblando como un flan: «Buen chico, colega, *machote*», acariciándole la cabeza, y él: «Venga, ¿jugamos? ¿Jugamos, vale? ¿Jugamos, vale? ¡A que no me haces cosquillas!», saltaba, iba y venía.

—Lo siento, pero ahora no puedo perder tiempo. ¿Por qué no jugamos a correr, Titánic? ¡Vamos, corramos hasta la casa de Ana! ¡A que no me pillas! ¡A que no te pillo!

Corrimos hacia la casa. Titánic, tan contento, porque sabía que los humanos pueden abrir puertas. A lo mejor, yo le abría la puerta y le daba acceso al interior. A lo mejor, gracias a mí, podría llegar hasta la niña fugitiva, aquélla a la que, según su dueña, tenía que pillar.

Abrí la puerta y el perro entró como una bala indicándome el camino. Yo, tras él. Hacia la derecha del salón, hacia la puerta bloqueada por tres personas.

Pasamos entre ellos y nos encontramos a un DelaSelva rojo como un tomate, a punto de explotar, frente a una Ana Farrás que sonreía, traviesa y desafiante.

—¡Los tenemos atrapados! —dijo, exultante, al verme—. Si buscas detrás de esos cuadros, encontrarás unas cuantas falsificaciones...

El pintor genial y asesino no pudo contenerse:

—¡Titánic! —dijo—: ¡Ataca!

Se refería a la pequeña Ana Farrás.

Era la clase de orden que Titánic estaba esperando desde hacía un rato. Directa, breve e inequívoca.

4

Volvamos al momento en que DelaSelva, triunfante, velaba la película y la dejaba caer generosamente por el suelo.

Ana Farrás no parecía muy preocupada por aquel gesto destructor. Al contrario, como si fuera ella quien dominaba la situación, dijo muy convencida:

—¡... Este carrete sólo era una trampa, señor DelaSelva! ¡No había ninguna foto en él! ¿No se ha dado cuenta de que le salía una punta de película? ¡Cuando se utiliza un carrete y está rebobinado, no sale ninguna puntita! ¡No lo hubiese podido velar! —ostras, era verdad. La sonrisa del pintor se desdibujaba, mientras seguía expectante—: ¡Era una trampa en la que usted ha caído como un pardillo!

—¿Qué trampa? —tartamudeaba él con un rictus de «¿pero qué estas diciendo ahora, niñata?».

Engracia, en la puerta, se estrujaba las manos y movía los labios enseñando los dientes, como si estuviese a punto de romper a reír como una loca. El jardinero y la criada estaban allí con actitud de «¿y nosotros qué hacemos?».

—Váyanse, váyanse... —decía la señora de la casa, azorada como la anfitriona cuando el perro se mea en los zapatos de los invitados—. Esto ya lo arreglaremos nosotros.

Y la niña:

—¡No, no, no se vayan! ¡Él ha destruido la peli porque creía que allí estaban las fotos donde se le ve asesinando a Faustino Galiá!

Con esta afirmación, la niña se aseguraba la presencia de público. El jardinero y la criada no se moverían de allí hasta que las cosas no se aclarasen del todo. «¿Ha dicho asesinato?». Y Engracia: «Sí, je, je, qué cosas tiene esta cría...».

DelaSelva:

—¿Asesinato? ¿Pero qué dices? ¿Faustino Galiá?

—¡Por lo de las falsificaciones, sí, señor!

—¿Falsificaciones? —el pintor asesino se venía abajo. Todos sus secretos a la luz, el mundo entero señalándole con el dedo. Y sólo sabía sonreír, como si nunca hubiera escuchado nada tan ridículo—: ¡No sé de qué me está hablando!...

—¡Pero el carrete no era éste! ¡Para que lo sepa, el verdadero lo tiene la policía desde esta mañana! ¡Yo sólo he montado este número para hacerle hablar! ¡Y ha hablado, lo ha dicho todo!

—¡No lo he dicho todo! —el genio se enfurecía—. ¡Yo no he hablado de falsificaciones ni de Galiá!

—¿Lo ve? ¿Cómo sabe que se llamaba Galiá? ¡Ya le pillé!

—¡Has sido tú quien ha dicho que se llamaba Galiá!

—¡Yo no lo he dicho!

—¡Galiá! ¡Faustino Galiá, sí que lo has dicho!

—¡No! ¡He dicho Galiá, pero no he dicho Faustino! ¡Ahora sí que se ha pillado los dedos! —DelaSelva se estaba poniendo muy nervioso, frenético, tal como pretendía Ana. Ya no sabía qué había dicho y qué no había dicho. Y, por si eso fuera poco, Ana Farrás saca una pequeña grabadora y la exhibe como premio—: ¡Y todo ha quedado grabado aquí, señor DelaSelva y, además, en presencia de testigos!

Al señor DelaSelva se le habían acabado las sonrisas. Sentía claustrofobia en aquel estudio tan lleno de chismes, de gente y de fantasmas de Galiá que se reían de él, y de niñas que le acusaban creyéndose muy listas.

—¡Dame ese aparato! —con rabia y respirando terroríficas amenazas—. ¡Te he dicho que me des ese aparato!

—No y no —canturreó Ana Farrás escondiendo la grabadora a su espalda.

Fue entonces cuando llegamos Titánic y yo. El perro jadeante y babeando, ávido de experiencias fuertes e inconfesables. Yo me planteaba con quién tendría que vérmelas primero.

—¡Los tenemos atrapados! —me notificó Ana Farrás, muy contenta, en cuanto me vio—. Si buscas detrás de esos cuadros, encontrarás unas cuantas falsificaciones...

El señor DelaSelva no esperó a que yo hiciera ningún movimiento ni el ademán de ponerme a revolver sus cosas. La sola posibilidad de un registro le enfureció tanto que, fuera de sí, soltó el grito:

—¡Titánic, ataca! —mientras señalaba con el dedo a la pequeña Ana Farrás.

5

—¡No, Titánic! —gritó entonces Anapito—. ¡Quieto!

Gesto heroico. Ella sabía que debía defender a su padre porque en él estaban su seguridad y su futuro pero, poco a poco, durante la persecución, había percibido el enorme interés de aquel hombre por ocultar algo terrible. El gesto con que había velado la película: aquello era más significativo que el juego de palabras y las posibles contradicciones posteriores. Y aún era más revelador que ahora estuviese azuzando al perro contra la vecina.

—¡No, Titánic, quieto! —exclamó, con un sollozo en la garganta.

Su padre era malo. Ana Farrás le había dicho la verdad. Y ella no podía ponerse de parte del malo y hacerle daño a su amiga. Aunque por su culpa todo se hundiera alrededor y no hubiera ya perspectiva de futuro. No podía permitir que su padre le hiciese daño a Ana Farrás.

—¡No, Titánic, quieto!

Y su madre se mordió los labios y cerró los ojos porque se le saltaban las lágrimas, porque comprendía el sacrificio de la niña, que era más valiente que ella misma. Si ella había permanecido al lado de su marido asesino era por seguridad, porque no quería ver cómo se tambaleaba su futuro inmediato.

Y Titánic quieto, sin entender nada. Aturrullado, parecía pensar que se había perdido algún detalle importante. Consideraba que era mejor dejar hablar a los humanos y aplazar la antropofagia.

Yo adiviné la estrategia de sacar de sus casillas a DelaSelva y me abalancé sobre los cuadros que se amontonaban en el suelo, apoyados contra la pared. Quizá sí que alguno de ellos resultase ser un falso Van Gogh, un Monet, o un Degas...

—¡Quieta! ¡Salid de aquí de una vez!...

El señor DelaSelva ya no controlaba sus reacciones. Quería arrebatarle la grabadora a la niña, quería interponerse entre los cuadros y yo, y no podía hacerlo todo a la vez, el perro no le obedecía, aquellos curiosos que no se iban... Y la mano se le movió sola. Abriendo aquel cajón del secreter y sacando la pistola:

—¡Tú, quieta! ¡Y tú, dame esa grabadora!...

¡Ostras, sólo faltaba eso! ¡La pistola!

—¡Me juego lo que quiera —exclamé al verla— a que es la misma pistola con la que mató a Galiá!

Me jugaba la vida, porque aquel hombre no sabía lo que se hacía y, fuera de sí, dirigió la boca del arma hacia mí. Y no quiero ni pensar lo que habría pasado si Engracia no me llega a salvar la vida.

¡Ostras, ¿que cómo puedo describir los ataques que le daban a aquella mujer?! ¡Porque presencié uno! ¡Y con uno basta! Pobre mujer, emitió un chillido y se puso a patalear, convulsa, como si de pronto le hubiera dado por bailar claqué. ¡Qué grito ensordecedor, qué lágrimas, qué temblores! ¡Y el pis escurriéndole piernas abajo! Yo no sé qué gritaba. Ni ella misma lo sabía. «¡No lo hagas, asesino, más que asesino, no mates a la niña, no nos mates!...».

Creo que fue un momento de gran peligro, pero finalmente

el genial pintor DelaSelva se dio por vencido. En su cara se leía la desesperación, pero también el alivio, como si al comprobar que el mundo se le caía encima, pudiera por fin relajarse y resignarse a la derrota. Se le caía el mundo encima y, paradójicamente, eso le liberaba de un gran peso. Le liberaba del peso de la ocultación y de los remordimientos, de tener que fingir, del temor a ser atrapado. Ya había sido atrapado; pues bien, ya no había de qué tener miedo.

Bajó el arma y suspiró.

Entonces nos dimos cuenta de que estaban llamando a la puerta.

Los señores Farrás, por fin, habían llamado a la policía. Y venían tímidamente acompañados de dos guardias civiles, el sargento Carrisoso y Salvador. Al oír hablar de los Farrás y de los DelaSelva, el capitán Melquíades Barreno se había negado a seguirles el juego a aquellos neuróticos... Y, mira tú por dónde, se perdió el placer de detener a un auténtico asesino, de quitarle la pistola de las manos y de decirle aquello tan de película: «Haga el favor de acompañarnos...».

De momento, sólo le detenían por amenazar con arma de fuego. Si las cosas se hubieran complicado, Ana Farrás y yo les habríamos dicho que al pobre señor Galiá le habían enterrado en la masía de los padres de DelaSelva, y que había sido el Pillastre quien se había encargado de ello. Y, una vez exhumado el cuerpo, habrían comprobado que la bala que había matado al profesor y crítico de arte había salido de la pistola que el señor DelaSelva esgrimía en el momento de su detención. Pero las cosas fueron más fáciles. Lo confesó todo Engracia en cuanto se libró del ataque de nervios. Y el señor DelaSelva no hizo nada para impedírselo. Se encogió de hombros y se abandonó a su destino.

Más tarde, en el juicio, su abogado alegó «locura transitoria», y ya no recuerdo el desenlace. La verdad es que, en cuanto supe que estaba fuera de circulación, me tranquilicé y me desentendí del caso. Después de resolver este asunto, lo único que de verdad me interesaba era arreglar mis problemas sentimentales. Pobre Toni. Yo, colgada como una pánfila de Manolo Due y de *Ena-*

moradamente enamorado, y él, entretanto, mirándome con aquellos ojitos de pena que le había visto el día anterior en el Camp Nou.

6

Sintiéndome más culpable que el mismo DelaSelva, estuve acercándome y alejándome del teléfono durante más de una hora antes de decidirme a marcar el número. Porque ¿qué podía decirle a Toni? «¡Toni, no te enfades conmigo! No quiero que nos separemos, te quiero, ¡pero es que estoy colada por Manolo Due! ¡Tú que eres un forofo del fútbol, deberías entenderlo! Además, lo mío con Manolo Due no puede durar. Él es mayor, muy famoso, todas las *top models* del mundo le asedian» ¿Qué me creía yo que me iba a decir Toni?: «Ah, bueno, si es con Manolo Due no me importa. Vete con él, y que seáis muy felices... Yo te esperaré entretenido con los videojuegos y, cuando termines con Manolo Due...». Y yo: «No... Es que, cuando termine con Manolo Due, estará *Enamoradamente enamorado*». Y Toni: «¿Quién?» ¿O no? O sólo pensaba decirle: «Toni: lo nuestro no puede continuar...». ¡No! ¡De ningún modo! ¿O bien: «Toni, te quiero», y renunciar a las restantes opciones? ¡No! ¡Ni pensarlo! ¡Soy joven todavía! ¡A mi edad, aún no puedo comprometerme para siempre! ¡A mi edad, para siempre es demasiado tiempo! ¿Qué hago, qué hago? ¿Qué digo, qué digo?

Su madre se puso al teléfono.

—¿Diga?

—¿Se puede poner Toni?

—Toni no está. Ha ido a desfogarse al gimnasio.

¡Al gimnasio! ¡A desfogarse! Me lo imaginé golpeando un *punching ball*, propinándole todos los puñetazos que querría darme a mí. Pensé ir al gimnasio. «Toni: pégame a mí, el *punching ball* no te ha hecho nada». Pero ya era demasiado tarde. A las siete había quedado con mi rapsoda secreto en la Pizzería de las Codornices, en la Alta Villa.

Tres Catorce, la traidora, hasta se pintó los labios para acudir a la cita. Y minifalda, y medias negras, y jersey escotado, ¿qué quieres que te diga?, si vas a una cita, vas a una cita. Si a mi edad no puedo ser presumida, ¿para cuándo voy a dejarlo?

Y con la bici cuesta arriba, con el corazón encogido y allí en el fondo, la vocecita de Pepito Grillo recriminándome. «¿Qué pasa? ¡Sólo voy a encontrarme con un chico en una pizzería a media tarde! ¡No voy a una discoteca ni a un hotel! Y no pienso dejarle que se pase ni un pelo... Además, él tampoco es capaz de pasarse. Un chico que hace llamadas anónimas para recitarte versos de amor es un tímido integral, y los tímidos integrales no se pasan...». Mientras pedaleaba y pedaleaba, me iba preguntando por qué razón a mi rapsoda, de improviso, se le había ocurrido pedirme una cita. Había algo que no encajaba en todo aquello.

Salté de la bici, la encadené a un árbol y entré en la pizzería con el corazón desbocado, terriblente excitada.

Había sido más puntual que yo. Me estaba esperando en la mesa del medio y miraba descaradamente hacia la puerta, con aquellos ojos que enamoraban, que emborrachaban más que un porrón de vodka. Aminoré el paso mientras le reconocía y me acercaba. Era el momento de preguntar, con dramatismo, «¿Tú?», pero en estos casos la gente nunca habla como en los culebrones de la tele. Nadie dice «¿Tú?» ni «¿Y bien?» ni paparruchas por el estilo. Sencillamente, llegas y mueves la cabeza así, arriba y abajo, «Vaya, vaya, quién iba a decirlo», sin decir nada. Y lo miras, y te mira. Y pregunta:

—¿Qué quieres tomar?

O sea, que era quien yo me imaginaba.

—Un porrón de vodka.

—¿Qué?

—Un cacaolat.

Llevaba su pelo rubio brillante y sedoso recogido en una cola. Conjunto vaquero con olor a plancha reciente, camisa amarilla para contrastar con el bronceado de su piel. Alrededor de sus ojos, sombras blancas causadas por las gafas de esquiar. Mirándolo bien, no sabría deciros quién es más guapo, si Manolo Due o Cacha Cuatro, el más atlético, el más inteligente y el más pijo del instituto. Estaba dispuesta a perdonarle incluso que fuese pijo.

—¿Te imaginabas que era yo? —me preguntó, como dando por supuesto el «¿a que no?»

—¿Qué ha pasado con tu novia? —le repliqué.

—Mira. Escucha este poema. Se llama *Ítaca* y es de un griego llamado Kavafis. La versión es de Lázaro Santana...

Aquello era un diálogo de sordos. Sacó una libreta de su mochila y la abrió por la página que tenía señalada. En ella había un poema escrito a mano. Empezó:

—Si vas a emprender el viaje hacia Ítaca/ pide que tu camino sea...

—¿Qué quieres tomar? —interrumpió el camarero. ¿Habéis observado la habilidad que tienen los camareros para interrumpir en el momento más inoportuno?

—Un cacaolat.

El camarero se fue. Cacha Cuatro prosiguió:

—Si vas a emprender el viaje hacia Ítaca/ pide que tu camino sea largo,/ y rico en aventuras y experiencias./ A lestrigones, cíclopes o fiero/ Poseidón, nunca temas./ No hallarás tales seres en tu ruta/ si alto es tu pensamiento y limpia/ la emoción de tu espíritu y tu cuerpo.

¡No era un poema de amor! Eso me sorprendió. El amor no estaba en las palabras, sino en el tono de su voz. La mano firme y cálida de Cacha Cuatro se apoderó de las mías simulando que su ademán de seducción sólo pretendía llamar mi atención sobre aquel párrafo del poema. Con una de las suyas tenía suficiente para abarcar mis manos, que se abandonaban cómodas y halagadas.

—Nunca a los lestrigones ni a los cíclopes,/ ni al fiero Poseidón encontrarás/ si no los llevas dentro de tu alma,/ si no es tu alma quien ante ti los pone.

Mis ojos no podían separarse de la libreta, atraídos no sólo por su color, suave y singular, sino también, y sobre todo, por el tenue perfume que desprendía.

—... Pide que tu camino sea largo./ Que numerosas sean las mañanas/ de verano en que arribes a bahías/ nunca vistas, con ánimo gozoso./ Detente en los emporios de Fenicia,/ adquiere hermosos artículos:/ madreperla y coral, ámbar y ébano,/ perfumes deliciosos y

diversos/ cuanto puedas invierte en voluptuosos/ y delicados perfumes./ Visita/ muchas ciudades egipcias y aprende,/ con avidez aprende de los sabios.

Vino el camarero con el cacaolat y no se atrevió a decir nada. Echó una ojeada al rapsoda y a nuestras manos unidas, y me miró como diciendo: «¡No te distraigas y atiende!». ¿Pero cómo podía no distraerme?

—... *A Ítaca tenla siempre en la memoria./ Llegar allá es tu meta,/ mas no apresures el regreso./ Mejor que se dilate largos años/ y, en tu vejez, arribes a la isla/ con cuanto hayas ganado en el camino,/ sin esperar que Ítaca te enriquezca.*

¿Cómo podía no distraerme, si la libreta era violeta, como la que yo le regalé a Toni, y olía a violetas, que es el perfume con el que yo impregné mi regalo antes de dárselo?

—*Un hermoso viaje te dio Ítaca. Sin ella/ el camino no hubieras emprendido./ Mas ninguna otra cosa puede darte.*

Había algo que no encajaba en todo aquello. La última vez que *Enamoradamente enamorado* me había llamado no era el mismo de siempre. Por ejemplo, no se había presentado, no había dicho, como siempre: «Soy *Enamoradamente enamorado*».

Cacha Cuatro, amoroso, clava en mí una mirada que hubiese fundido el corazón de Cruella de Vil, y termina:

—... *Aunque pobre la encuentres, no hubo engaño./ Rico en saber y en vida como has vuelto, comprendes/ qué significan las Ítacas.*

Y yo:

—¿Me permites?

Vuelvo la página. Él quería impedírmelo, pero mi reacción le pilló de improviso y no pudo oponerse. Y en la página anterior había unos versos escritos con otra letra. Una letra que yo conocía muy bien.

—¿A quién le has quitado esta libreta?

—A nadie, me la han regalado... —replicó, confuso como un delincuente pillado infraganti.

Los versos escritos con letra conocida eran de Gabriel Ferrater y decían: «*No teníamos recuerdos. Éramos el recuerdo que tenemos ahora*». El último mensaje auténtico de mi *Enamoradamente enamorado.*

—¡Se la quitaste a Toni! —descubro.

Y entonces, la mueca desvergonzada, el «me has descubierto, pero me da lo mismo». Con aquella arrogancia, con aquella seguridad insultante. «No se me resiste ninguna, y tú tampoco te resistirás. ¡Si estabas suspirando porque yo te dirigiese la palabra!».

Lo adiviné. Se la había quitado cuando Toni acababa de leerme los versos de Gabriel Ferrater desde una cabina en la calle. Cacha Cuatro había llegado por detrás, le había oído y le había arrebatado la libreta violeta. «¿Qué es esto?», «¡trae acá!». Cacha Cuatro era mucho más fuerte que Toni, y atraía público. Se había reído de él, le había avergonzado y había decidido suplantarle, como una especie de apuesta. Y así, de paso, ligaba conmigo.

No fui capaz de darle una torta. Le dije: «¡Imbécil!», y él me respondió con una desdeñosa sonrisa de perdonavidas.

Con lágrimas en los ojos, abrazándome a la libreta, huí de la pizzería dejando que fuera él quien pagase las consumiciones. No salió tras de mí, ni me llamó de lejos mientras desataba la bicicleta del árbol, ni nada. Me dejó marchar con la confianza del que está convencido de que, un día u otro, todas caen; que se vayan, que se vayan, que ya volverán.

Pedaleando a fondo me dirigí al gimnasio donde hacía *tae kwon do*. No podía quitarme de la cabeza el poema de Kavafis: *El viaje a Ítaca*.

Si vas a emprender el viaje hacia Ítaca,/ pide que tu camino sea largo...

Me había llamado la atención que no fuera un poema de amor y, en cambio, tenía tanta fuerza y llegaba hasta la médula tan profundamente como el más dulce poema de amor. Aquel poema no pretendía enseñar a amar: enseñaba a vivir, que no sé qué es mejor.

Nunca a los lestrigones ni a los cíclopes,/ ni al fiero Poseidón encontrarás/ si no los llevas dentro de tu alma...

Subí las escaleras corriendo, dispuesta a encontrarme con Toni aunque estuviese desnudo bajo la ducha. ¡Si estaba desnudo, mejor!

Y los versos, bullendo en mi cabeza:

... mas no apresures el regreso./ Mejor que se dilate largos años/ y, en tu vejez, arribes a la isla/ con cuanto hayas ganado en el camino...

A partir de aquí está prohibido el uso de calzado de calle. Traspasé el límite. No había quien me detuviera.

Toni estaba empapado de sudor, haciendo deltoides con las mancuernas. ¡Tan musculoso, tan sudado, tan despeinado, tan chiquillo y tan tímido, el pobrecillo! «¿Pero qué haces aquí?», me recriminaban sus ojos, entre indignados y atónitos. Le mostré la libreta que le había arrebatado a Cacha Cuatro, y al instante lo comprendió todo, y adiviné que quería hacerse el despistado, porque recordaba perfectamente cómo celebrábamos la victoria Manolo Due y yo tan amarraditos los dos.

Pero no permití que se hiciera el sueco ni nada por el estilo. Un abrazo y un beso, y «No seas borrico, Toni, no pensarás que Manolo Due y yo...», claro que no, hombre, cómo iba a imaginárselo, pero si daba risa, de modo que nos echamos a reír, y venga risas y alegría, risas y abrazos entre sudor y mancuernas, mientras se evaporaban todas las fantasías tejidas alrededor de Manolo Due.

Toni me besaba, me ponía la mano en el trasero, el muy atrevido, allí en medio de todos, y me llamaba «Pajarito».

Y yo, en cambio, traidora y descerebrada, no podía quitarme del pensamiento aquellos versos intensos: *Rico en saber y en vida como has vuelto, comprendes qué significan las Ítacas*, que, al no ser de amor, habían despertado tanto odio como amor en mi imaginación.

Besé a Toni cerrando los ojos con fuerza para quitarme del pensamiento a Cacha Cuatro, aquel pijo de mierda.

¿Es que nunca podría dejar de pensar en él? ¿Ni siquiera ahora, cuando estaba besando a Toni para recuperarlo, para reconciliarme definitivamente?

Índice

CAPÍTULO PRIMERO
Detectiva privada 7

CAPÍTULO SEGUNDO
La sombra negra 27

CAPÍTULO TERCERO
En el maletero 41

CAPÍTULO CUARTO
Mi primer interrogatorio 57

CAPÍTULO QUINTO
Nada que hacer 75

CAPÍTULO SEXTO
Destrucción de pruebas 99

CAPÍTULO SÉPTIMO
Enamoradamente enamorado 115

Colección GRAN ANGULAR

1 / *Jean-Claude Alain,* **Los muchachos de Dublín**
3 / *Eve Dessarre,* **Danièle en la isla**
7 / *Luce Fillol,* **María de Amoreira**
8 / *Ch. Grenier-W. Camus,* **Cheyenes 6112**
10 / *John R. Townsend,* **El castillo de Noé**
11 / *William Camus,* **Un hueso en la autopista**
14 / *Jan Terlouw,* **Invierno en tiempo de guerra**
15 / *María Halasi,* **Primer reportaje**
16 / *André Massepain,* **Los filibusteros del uranio**
17 / *Lucía Baquedano,* **Cinco panes de cebada**
18 / *Rosemary Sutcliff,* **Aquila, el último romano**
19 / *Jordi Sierra i Fabra,* **El cazador**
20 / *Anke de Vries,* **Belledonne, habitación 16**
21 / *Willi Fährmann,* **Año de lobos**
23 / *María Gripe,* **El abrigo verde**
24 / *W. Camus-Ch. Grenier,* **Una india en las estrellas**
26 / *Willi Fährmann,* **El largo camino de Lucas B.**
29 / *Thea Beckman,* **Cruzada en «jeans»**
30 / *Jaap ter Haar,* **El mundo de Ben Lighthart**
31 / *María Gripe,* **Los escarabajos vuelan al atardecer**
32 / *Jordi Sierra i Fabra,* **...En un lugar llamado Tierra**
33 / *Anke de Vries,* **El pasado quedó atrás**
34 / *Carmen Kurtz,* **Querido Tim**
36 / *Montserrat del Amo,* **La piedra de toque**
38 / *María Gripe,* **El rey y el cabeza de turco**
40 / *María Gripe,* **Agnes Cecilia**
44 / *Käthe Recheis,* **El lobo blanco**
47 / *María Gripe,* **La sombra sobre el banco de piedra**
49 / *María Gripe,* **El túnel de cristal**
51 / *Forrest Carter,* **La estrella de los cheroquis**
52 / *Lensey Namioka,* **En el pueblo del gato vampiro**
54 / *Fernando Lalana,* **El zulo**
55 / *Carlos-Guillermo Domínguez,* **Atacayte**
56 / *Alfredo Gómez Cerdá,* **La casa de verano**
58 / *Jordi Sierra i Fabra,* **Regreso a un lugar llamado Tierra**
62 / *José Luis Martín Vigil,* **Habla mi viejo**
64 / *Albert Payson Terhune,* **Lad, un perro**
67 / *Montserrat del Amo,* **La encrucijada**
68 / *Jordi Sierra i Fabra,* **El testamento de un lugar llamado Tierra**
69 / *Helen Keiser,* **La llamada del muecín**
70 / *Lene Mayer-Skumanz,* **Barro entre las manos**
74 / *Leonor Mercado,* **Cuaderno de bitácora**
75 / *Carlos-Guillermo Domínguez,* **Sosala**
76 / *Anke de Vries,* **Cómplice**
77 / *Jordi Sierra i Fabra,* **El último verano miwok**
79 / *Jordi Sierra i Fabra,* **El joven Lennon**
81 / *Isolde Heyne,* **Cita en Berlín**
82 / *Juan M. San Miguel,* **Alejo**
83 / *Federica de Cesco,* **El caballo de oro**
84 / *María Gripe,* **Aquellas blancas sombras en el bosque**
86 / *Jan Terlouw,* **Barrotes de bambú**
87 / *John Hooker,* **El capitán James Cook**
88 / *Carlos Villanes Cairo,* **Destino: la Plaza Roja**
90 / *Miguela del Burgo,* **Adiós, Álvaro**
91 / *Andy Tricker,* **Voy a vivir**
92 / *Thomas Jeier,* **El apache blanco**
94 / *Urs M. Fiechtner,* **Historia de Ana**
95 / *Fernando Lalana y Luis Puente,* **Hubo una vez otra guerra**
96 / *Rodrigo Rubio,* **La puerta**
97 / *Alfredo Gómez Cerdá,* **Pupila de águila**
99 / *Liva Willens,* **A veces soy un jaguar**
100 / *Jordi Sierra i Fabra,* **La balada de Siglo XXI**
102 / *Fernando Lalana,* **Morirás en Chafarinas**
103 / *Gemma Lienas,* **Así es la vida, Carlota**
104 / *Josep Francesc Delgado,* **Las voces del Everest**
105 / *Emili Teixidor,* **El soldado de hielo**
106 / *Carlos Villanes Cairo,* **Retorno a la libertad**
107 / *Sheila Gordon,* **¡Ni una hora más!**
108 / *Alice Vieira,* **Úrsula**
109 / *María Gripe,* **Carolin, Berta y las sombras**
110 / *Juan M. San Miguel,* **Cerco de fuego**
112 / *Carlos Puerto,* **Akuna matata**
114 / *Sigrid Heuck,* **El enigma del maestro Joaquín**
115 / *Francesc Sales,* **Diario de Alberto**
118 / *Maite Carranza,* **La selva de los arutams**
119 / *Joan Manuel Gisbert,* **La frontera invisible**
120 / *Peter Dickinson,* **Mi madre es la guerra**
121 / *Nicole Meister,* **La historia de Mon**
122 / *Mette Newth,* **Secuestro**
123 / *Werner J. Egli,* **Tarantino**
125 / *Manuel Alfonseca,* **Bajo un cielo anaranjado**
126 / *Mercè Canela,* **Partitura para saxo**
127 / *Xavier Alcalá,* **Contra el viento**
128 / *Gillian Cross,* **La hija del lobo**
130 / *José Luis Velasco,* **El guardián del paraíso**
131 / *Mecka Lind,* **A veces tengo el mundo a mis pies**
132 / *Joachim Friedrich,* **El tango de Laura**
133 / *Lola González,* **Brumas de octubre**
134 / *Jordi Sierra i Fabra,* **Malas tierras**
135 / *Nina Rauprich,* **Una extraña travesía**
136 / *Gillian Cross,* **Nuevo mundo**
137 / *Emili Teixidor,* **Corazón de roble**
138 / *Berlie Doherty,* **Querido nadie**
139 / *José Luis Velasco,* **El misterio del eunuco**
141 / *Nacho Docavo,* **Murió por los pelos**
142 / *Ángela Vallvey,* **Kippel y la mirada electrónica**

143 / *Jesús Ferrero,* **Las veinte fugas de Básil**
145 / *Werner J. Egli,* **Sólo vuelve uno**
146 / *Lola González,* **Guárdate de los idus**
147 / *Robert Westall,* **Un lugar para mí**
148 / *John Marsden,* **Mañana, cuando empiece la guerra**
149 / *Maite Carranza,* **Frena, Cándida, frena**
150 / *Ponç Pons,* **Memorial de Tabarka**
151 / *Mirjam Pressler,* **Si llega la suerte, ponle una silla**
152 / *M. Angels Bogunyà,* **Cincuenta mil pelas por un bigote**
153 / *Berlie Doherty,* **La serpiente de piedra**
154 / *Andreu Martín,* **El viejo que jugaba a matar indios**
155 / *Carlos Guillermo Domínguez,* **Bencomo**
156 / *Sissi Flegel,* **El secreto del laberinto**
157 / *Jacques Vénuleth,* **Las piedras del silencio**
158 / *Carlos Puerto,* **Gran dragón de hielo**
159 / *Ángela Vallvey,* **Vida sentimental de Bugs Bunny**
160 / *Judy Allen,* **La búsqueda en París**
161 / *Julián Ibáñez,* **¡No disparéis contra Caperucita!**
162 / *Dennis Hamley,* **Balada mortal**
163 / *Armando Boix,* **El Jardín de los Autómatas**
164 / *Nacho Docavo,* **De vuelta a la cueva**
165 / *Jordi Sierra i Fabra,* **La voz interior**
166 / *Horacio Vázquez-Rial,* **El maestro de los ángeles**
167 / *Alfredo Gómez Cerdá,* **Con los ojos cerrados**
168 / *Eva Ibbotson,* **Adopta un fantasma**
169 / *Kazumi Yumoto,* **Tres amigos en busca de un muerto**
170 / *Anthony Horowitz,* **El intercambio**
171 / *Andreu Martín,* **Me llaman Tres Catorce**
172 / *Josep M. Beà,* **Un lugar en mis sueños**
173 / *Berlie Doherty,* **La hija del mar**
174 / *Gemma Lienas,* **¡Eres galáctica, Carlota!**

Edición especial:

29 / *Thea Beckman,* **Cruzada en «jeans»**
31 / *María Gripe,* **Los escarabajos vuelan al atardecer**
102 / *Fernando Lalana,* **Morirás en Chafarinas**
111 / *Joan Manuel Gisbert,* **La noche del eclipse**
113 / *Jordi Sierra i Fabra,* **El último set**
116 / *Vicente Escrivá,* **Réquiem por Granada**
117 / *Fernando Lalana,* **Scratch**
124 / *Alejandro Gándara,* **Falso movimiento**
129 / *Juan Madrid,* **Cuartos oscuros**
140 / *Alejandro Gándara,* **Nunca seré como te quiero**
143 / *Jesús Ferrero,* **Las veinte fugas de Básil**
144 / *Antoni Dalmases,* **Doble juego**